大魚讀品
BIG FISH BOOKS

让日常阅读成为砍向我们内心冰封大海的斧头。

前男友的遗书

[日] 新川帆立 著

张佳东 译

四川文艺出版社

目 录

CONTENTS

第一章

功利的世界线 [1]

---

1 即平行世界一样的时空。

1

望着那枚向我递来的戒指，我下意识地扬起了下巴。

信夫和我在东京站大饭店[1]的一家法式餐厅里，刚刚用过西式全餐中的甜点。

"这是什么意思？"我问，同时注意到有位餐厅员工已经准备好了花束。

看到我惊愕的模样，信夫露出了满意的笑容："我的意思是，嫁给我吧。"

"我问的不是这个，"我干脆利落地打断了信夫的话头，"我是问这个戒指是什么意思。"我长嘘一口气，但听起来更像

1　东京站大饭店（Tokyo Station Hotel），位于日本东京都丸之内，由辰野金吾设计，被日本政府列为国家重要文化财产。在东京车站开业隔年的 1915 年（大正四年）开业，最初拥有 58 间欧式风格客房。（本书注释均为译者注）

叹息。随后我指着戒指说："这是卡地亚[1]的单钻戒指，对吧？我知道它是经典款，但是不是依旧过于廉价了些？最离谱的是，你看看上面的钻石，目测还不到零点二五克拉，亏你好意思到卡地亚去买一枚钻石这么小的戒指。"

信夫的脸上顿时失去了血色。他那张棱角分明的国字脸时而抬起时而垂下，眼神在我和戒指间扫来扫去，戴着的黑框眼镜也因此从他的大鼻头上滑落下来。

"别误会，我无意责怪，只是单纯想问问……你是怀着怎样的打算、怎样的想法来准备这枚戒指的？"

愣了几秒后，信夫推了推滑落的眼镜，嘟囔道："我只是希望小丽你能接受我的心意，但没想到你对戒指这么看重。"

"唉……"我叹了口气，"也就是说，这只是你的心意，对吗？"

被我用眼睛瞪着，信夫缩起身体，似乎有些胆怯。

"信夫你是做市场调查的，难道不了解情侣购买订婚戒指的行情？"

信夫就职于一家电子机械制造厂，隶属开发研究部门。他为人理性，值得尊敬，我们已经做了一年的情侣。

我在一家知名涉外律师事务所从事律师工作。令人欣慰的是，由于专业领域大相径庭，我们之间鲜有撕破脸皮的严重争吵。

1　法国知名珠宝品牌，1847 年由路易斯 - 弗朗索瓦·卡地亚（Louis-François Cartier）在巴黎创立。

"我……我当然调查过。"我的话语似乎激起了信夫的反抗意识,他用颤抖的声音继续说道,"根据知名婚恋网站上的信息,订婚戒指的平均预算是四十一万九千元[1],二十五到三十岁年龄段的平均预算是四十二万二千元,三十到三十五岁年龄段的平均预算是四十三万二千元。我属于二十五到三十岁这一年龄段,但在戒指上花的钱与三十到三十五岁年龄段的人差不多,所以……"

"那又怎样?"我又瞪了信夫一眼,"你对我的爱就只有整个社会的平均水平这么多?我倒不觉得自己是个只有平均水平的女人。要是她们配得上四十万的戒指,我的起码也得是一百二十万的吧?"

我双臂环胸,盯着洁白桌布上红色的小盒,以及那枚趴在里面的小得可怜的戒指。

它不是不亮,但光芒就如自身一样微小。

这样的货色简直令人目不忍睹。

"可能我也有不好,该早点告诉你,我不能接受价格低于一百万的戒指。"

愣在原地的信夫嘴巴一张一合的,像条等着被喂饵的鱼。

餐厅的另一边,那位侍者惴惴不安地注视着我的举动,交替地踩着自己两只脚的脚尖。

"对不起,小丽。我不是不想攒钱,但年轻上班族薪资有

---

1 本书中出现的货币单位均为日元。

限。"信夫说着，几乎要哭出来。

看着他这副窝囊样，我更来气了，好像他才是受了委屈的那个人，但他只是在为没钱而找借口。

"不管怎么说，喜欢的东西就想得到，这不正是人类的本性吗？要是实在没钱，管你是卖器官还是别的什么，想办法张罗吧。"说着，我一把捏紧了放在膝盖上的餐巾，"明明什么都还没做，就'没钱没钱'地发着牢骚。也就是说，你并非无论如何都想要得到我，对吧？只有这么点爱意的男人，根本不配进入我的人生。"

我把捏得皱巴巴的餐巾往餐桌上一扔，随即站起身来，将信夫独自留在原地。"再也不见。"

一位男侍者慌忙从衣帽间取出我的外套。

我注意到在将外套递过来时，看到我表情的男侍者惊愕地瞪大了双眼。

我迈开脚步向丸之内走去。

在与丸之内主干道仅一街之隔的地方，一栋由财阀兴建的大厦拔地而起，而我所就职的山田川村·津津井律师事务所，就位于这栋大厦的第二十八层。

这个律师事务所以工作繁重而闻名，一天二十四小时都有为数众多的律师在这里进进出出。

已经过了晚上十点，大厦里依旧灯火通明。

走进办公室，比我晚一年入职的古川正坐在电脑前吃杯面。他那在橄榄球社团里练出来的体形圆滚滚的，看上去简直像只巨大的西瓜虫。

古川往嘴巴里塞满了面条，向我问道："咦，剑持姐，今天不是去恋爱一周年约会了吗？"

我摇了摇头："原本是的，结果告吹了。"

听了我的话，古川用左手捂住嘴巴，发出一声轻呼："咦，难道您被男朋友甩了？"

我瞪了古川一眼，对方耸了耸肩。

"我问你，前一阵子你和女朋友订婚了，对吧？当时你送了她多少钱的戒指？"

"我想想。"古川歪头思索着，"我买的是海瑞温斯顿[1]的中档戒指，花了两百万出头吧。"

我重重地点了点头："对嘛，就该这样。毕竟是生命中独一无二的伴侣，不拿出这点诚意怎么行？"

我将方才发生在餐厅里的事简明扼要地告诉给古川，只见他保持着挑起面条的姿势，惊呼了一声。

"啊，这也太伤他的心了。咱们这行挣得多，而他作为一个普通上班族，已经相当不容易了。"

"你说咱们挣得多？"我今年二十八岁，年薪接近两千万，但我从未有一刻感到过满足，"世上的富豪千千万，咱们这才哪儿到哪儿？我还想要赚更多的钱。"

1　知名珠宝品牌，由雅各布·温斯顿（Jacob Winston）于 1890 年在美国纽约创立。

　　古川原本在喝面汤，听了我的话，一下子咳嗽起来，随即拿起一大瓶两升装的乌龙茶，直接灌入口中，然后才说道："唉，像剑持姐你这样能够直面欲望的人的确很了不起，但有些事物比金钱更加重要嘛。"古川挠着脑袋继续说着，"这么说可能不太合适，但我觉得他能鼓起勇气与你这样的女强人交往，就已经很难能可贵了。再不好好珍惜，会遭报应的哦。"

　　"你这是什么意思？"我轻轻扬起下巴。

　　"正常来说，一个普通的男人与收入超过自己三倍的女人交往是很辛苦的。人毕竟都是要面子的嘛。"

　　过去确实有些男人因为我的高学历和高收入，有意无意地避开了我。但像那样的男人，就算送上门我都不想理。

　　"我记得他是理科男，搞研究的吧？想必他对自己的某些方面很有自信，才能做到怀着平常心同丽子姐你交往吧？在厨艺和家务方面，恐怕他也十分擅长。"

　　我惊愕地点了点头。信夫做的炒饭的确是人间美味。

　　"这样的男人可是打着灯笼也难找呀，怎么能光因为戒指太小就把人家给甩了呢？"

　　就算古川这样说，我还是无法接受。

　　用那种小不点的便宜货向我求婚，对我来说本身就是一种侮辱。想必信夫觉得无论戒指是大是小，只要提出求婚，我就会欣然应允。不过遗憾的是，我并不是那种女人。

　　而且，更令我火大的是，有些人明明和我不熟，却喜欢对我横加指责。

戒指这玩意儿，当然是越大越好了。

如此简单的道理，为什么大家都不懂呢？

"不管怎么说，你让人家去卖什么身体器官，还是太过分了。而且女朋友对自己说这种话，听上去也怪吓人的。"

古川将杯面包装和方便筷收拾进塑料袋里，而我则双臂环胸，直勾勾地盯着古川。

"但是如果我渴望什么东西，就算变卖器官也会把它给弄到手。古川老弟，你不也是吗？正因为你爱你女朋友，无论如何也要娶她，所以才会送她价值两百万日元的戒指吧？"

古川将自己粗壮的胳膊交叠在脑后，那张晒得黝黑的圆脸扭了过去。

"在求婚前不久，我搞外遇差点被她抓到，才不得已买了价格高昂的戒指蒙混过关。"古川毫无顾忌地龇牙笑了起来。

只见他的门牙缝里，塞着泡面里脱水蔬菜的菜渣。

第二天下午四点，我站在事务所的会议室外，内心雀跃不已。

二月一日，星期一，今天将要举行公司里一年一度的人事面谈。

我所就职的事务所每年会发一次奖金，时间在二月中旬。依照惯例，人事面谈时员工会得到这一年来领导对其工作态度的评价，同时得知当年的奖金数额。

我得意扬扬地走进会议室，然而在看到早已坐在里面、无精打采的两位上司后，内心突然感到一阵不安。

我是做了什么不该做的事吗？

但我心里清楚，在工作方面，我一向比旁人加倍认真努力。

"剑持律师，请坐。"两位上司中相对年轻的那位，年近四十的山本律师开口说道。

我没有吱声，安静地坐在正对着两位上司的座椅上。

"剑持律师的工作态度得到了所有同事的钦佩与认可，客户们对你也是一致好评，觉得你十分可靠。"尽管是在夸我，他的语气却显得有些愧疚，更像是在寻找借口，"综上……剑持律师今年的奖金是二百五十万日元。"

二……二百五十万？

山本律师的话在我脑海中不断回荡。

"啊？"我不禁疑惑地发出反问声。

就连去年的奖金也有四百万左右。而今年的我，工作上比去年更加积极。我急中生智，迅速挑起眉毛，露出一副备受打击的表情。我还算比较擅长与年长的男性交流。

"为什么会这样？是我哪里做得不好吗？"

山本律师轻轻地摇了摇头，像是在敷衍我："哪里哪里，并非如此。你做得非常好，与同期入职的律师相比，你一个人干的工作足足有两三个人的那么多。"

"那为什么会这样呢？"

此时，坐在山本律师旁边的、年近六十的津津井律师用和蔼的语气说道："看到剑持律师的样子，我不禁想起了自己年轻的时候。"

津津井律师是事务所的创始人。当年他白手起家，以一己之力创办了这个日本最大的律师事务所。正因如此，事务所名称里才会有他的名字。

稀疏的头发、鹅蛋般的脸形、圆溜溜的眼睛，以及脸上饺子褶一样的皱纹——津津井律师给人一种柔和的印象。

我立刻用双手捂住嘴巴："哪里哪里，真是让人受宠若惊。"

津津井律师挠着花白的头发苦笑起来："用不着这么客气，我自己也不是什么好人，所以才非常了解你。"

仿佛舞至正欢时突然被掐断了音乐，我一时有些尴尬，不知说什么好。

"律师也是一门需要天赋的职业。剑持律师你就像一把锋利无比的宝刀，我们希望你在事务所内能够收敛锋刃，等到了外面再利刃出鞘，大展身手。"

我目不转睛地盯着津津井律师："可否请您具体讲讲？"

津津井律师说："单独工作时，盛气凌人的气势固然很好，但当你有了后辈，在一个团队里工作时，这种态度会吓到自己的伙伴。"他呵呵一笑，似乎觉得自己的话还蛮有趣，继续说道，"别太计较了，把眼光放长远些，少了的奖金就当是交学费好了。"

津津井律师这句话精准地踩到了我的怒点。

我立即大声问道："交学费是什么意思？"然后一巴掌狠狠地拍在桌子上，"工作的目的是赚钱。我付出劳动，事务所的薪水就是回报，怎么能容忍你们以交学费的名义扣除！"

山本律师一瞬间有些畏缩，津津井律师却丝毫不为所动。

这就更让人火大了。

难道津津井律师不知道我在发火？

"钱都没了，还谈什么工作。这种事务所，我不待了！"我猛地站起身来。

"好了好了，先冷静一下。"山本律师说着，用右手示意我冷静。

"虽然少得可怜，但二百五十万的奖金还请一分不少地打到我的账户上！"扔下这句话后，我转过身去，离开了会议室。

我带着怒火回到办公室，只将工位上的贵重物品塞进一个大手提包，随即快步走出了事务所。

又没有人追我，为什么要走这么快？

离开事务所还不到五百米，我就气喘吁吁了，于是走进人行道旁的一家咖啡厅休息。

自己实在是惨不忍睹。

因为奖金太少就辞掉工作，或许会有人觉得我有些疯狂。

说我幼稚倒无所谓，我知道自己内心深处有着令人意气难平的纠葛，但连我自己也没有丝毫办法。

我也想过如果能再"普通"一点，自己的人生或许会更加轻松。

但我心里就是有可能会随时涌上一股冲劲儿，然后被它牵着鼻子走。

我觉得应该有人能理解我的心情。

为什么人们都这么虚伪呢？

所有人都爱钱，天经地义。人们渴望金钱却无法得到，所以才会说不想要钱吧？

如果把五百万日元放在一个人面前，问他"要不要"，试问谁会说"不要"呢？

既然想要，就得伸手去拿。

尽管每个人的贪欲各不相同，但我一定属于最贪得无厌的那种——这点自知之明我还是有的。

可是这有什么错吗？

喜欢弹钢琴的人会尽情弹奏，喜欢绘画的人也会努力作画。那么同理，喜欢金钱的我也只是积极获取金钱罢了。

渴望，就去争取。正因为不断践行这一准则，我才挣脱了内心的枷锁，得到了自身的解放。

正当心里这样想时，我的手机振了起来。

拿起来一看，是津津井律师给我发了邮件。

"剑持律师可能是最近过于劳累，就趁这个机会休息一阵子吧，歇好了再打起精神回到工作岗位上来。不过，刚才的表现就已经很有精神了（笑）。"

回想起津津井律师方才的态度，一股憋屈劲儿再次涌上心头。

光是想到他那副表情，就仿佛听到他在对人说教——"人与人之间的关系，为他人着想的心情，还有亲情、爱情，这些事物都是用钱买不来的，一定要好好珍惜。"

但我清楚，那张面具背后根本就是一副黑心肠，否则怎么可能以律师的身份取得如此辉煌的成功。

我与津津井律师是彻彻底底的一丘之貉。

只不过，津津井律师藏匿本性的手段更加高明，为人处世更加老奸巨猾罢了。

生了这么一顿气，我肚子都饿了。于是我叫来店员，点了一份大号薯条。吃完后，我的头脑终于冷静下来。

尽管逞一时口舌之快说要辞职，但实际问题是，我还没考虑过今后的出路。所幸我还有些存款，应该足以让我无忧无虑地过上一阵子。

我所在的事务所之所以会以工作繁重而出名，是因为每隔一段时间都会有人累倒。不过即便如此，两三个月后，他们依然会像没事人一样返回各自的工作岗位。

事务所与各个律师之间签订的原本也不是雇佣合同，而是业务委托合同，因此也就没有什么年假和工作日的说法。

也就是说，哪怕我几个月不去上班，公司也管不着我。不工作只会没钱赚，对事务所和律师而言都是如此。

所以，先不管是不是真要辞职，还是暂时休息一阵子吧。

下定决心后，我突然如释重负，心情也豁然开朗。

但如果不去工作，今后的日子要怎么过？

尽管有各种想做的事，可一旦时间充裕起来，又不知该从哪件做起。

"唉……"握着装有早已凉透的拿铁的咖啡杯，我深深叹了一口气。

一股寂寞感突然涌上心头，我下意识地拿起手机，翻看通信录。

有没有人可以约出来见面呢？

我连一个女性朋友也没有。

我最讨厌和一帮人排成一排走路，也不理解女人这种生物为何都喜欢这么做。

至于男性朋友，虽然不多，但还是有几个的。

我看着通信录，回忆着那些男生的面庞，但记忆中一个个都是浓眉圆脸，他们给人留下的印象完全不够深刻。

无论是谁都好，就不能来个美男子治愈一下我的心灵吗？

思至此处，我不禁想起了森川荣治。

荣治是我的大学学长，读大学时和我交往过三个月，之后我们便分手了。

信夫之前的一任，再前一任，再向前数一任，所以荣治应该是我前前前前男友。

分手的具体原因已经记不清了，应该是荣治出轨了。得知他出轨后，我母夜叉似的发了一顿脾气，随即把他甩了 —— 事情似乎是这样的。

不过好的一面是，我即使心里受了伤，也很快就会忘记。

荣治的学习能力很差劲，运动也不行，但长相英俊，一张瓜子脸光滑精致，风度翩翩，令他更显帅气。他的声音低沉悦耳，个子也很高。

说到底，当时我似乎只是爱上了他的外表。

这样正好。不管怎样，后续都不会留下什么麻烦。

心里想着，我给荣治发了一封邮件——

"好久不见！最近好吗？"

随后我无所事事地等了差不多一个小时，然而对方没有任何动静。

难道是他换了邮箱？但是没有"发送失败"的通知传来，说明邮件已经正常发送给对方了吧？

不过话说回来，七八年前与自己短暂交往过的女生发来信息，估计一般人都不会回复吧。换位思考一下，如果平常日子荣治给我发来信息，估计我也是不会回的。

我无意间看了窗外一眼，天色已经彻底昏暗下来。难得不用工作，我便迅速回到家里，泡了个澡，随即进入梦乡。

2

不用工作确实无比舒适。我又是在晴朗的冬日去日比谷公园散步，又是一口气读完买来的全套漫画，仿佛断线的风筝一般过了几天逍遥自在的日子。

本质上，我还算是个乐观的人，因此没过多考虑自己的出路，只管大大咧咧地安闲度日。不过在二月六日，一个周六的晚上，来了一件麻烦事。

我听说，哥哥雅俊要带未婚妻回一趟横滨市青叶区青叶台的老家。

为了与这位未来的嫂子见面，我也得回去一趟。

雅俊带回去的女人能有什么了不起的，根本没有必要特地去见一面。但如果今天不去，过后家人可能会安排我、雅俊以及他的未婚妻单独见面，那就更麻烦了。

要让我和雅俊聊天，估计不到五分钟就没话题了，所以非要见面的话，还是人多点好。

在青叶台站乘上巴士，晃悠了差不多十分钟，随后再步行五分钟，我终于到了家门口。感觉一靠近老家，我连脚步都变得沉重起来。

我不怎么喜欢老家。

出于情分，我不得已会在每年的年初和年末回去看看，但如今就连这个习惯也快要消失了。

站在那栋白色基调的法国南部风情独户楼前，我的心情变得更加沉重。

走进家门时，雅俊和他的未婚妻优佳正悠闲地坐在客厅中央的沙发上。

父亲雅昭坐在侧面的单人沙发上，母亲菜菜子则像往常一样忙碌于厨房和客厅之间。

令我不能理解的是，除了吃饭以外，母亲几乎没机会坐下。

我先向优佳行了一礼，随后坐在父亲对面的椅子上。

父亲只是向优佳介绍说"她是雅俊的妹妹"，而没有搭理我本人。

之后，父亲和哥哥谈话的重心都在优佳身上，根本没有我插嘴的余地。

我也就一言不发地用余光瞥着优佳的脸。

的确是个娇小可爱、豆大福[1]一般的女生。

她皮肤白皙得仿佛能透出血管，脸颊也圆鼓鼓的。小巧的眼睛和鼻子像豆子一样散落在她脸上。

我老早就觉得雅俊对女性长相的欣赏品位过于平庸，没想到这位未婚妻居然将长相平庸发挥到了极致，我真是对他佩服得五体投地。

长相接近父亲的我，五官大而鲜明，而长相接近母亲的雅俊则相貌平常，是个软弱的男人。或许正因如此，雅俊才会喜欢比自己更加平庸的女性吧。

"丽子妹妹是做律师的吧，真是才貌双全，太了不起了。"

直到优佳说了这么一句话，我的思绪才被拉回到剑持家。

似乎是顾虑到我这个被冷落在谈话之外的人，优佳才特地将话题转移过来。

"哪里，哪里，多谢称赞。"我面带微笑，拿出一副早已重

1　即豆沙馅大福，一种日本点心，由糯米制成，内有夹心。

复过这句话不下五百次的谦逊态度。

"雅俊总是提到你，我一直觉得你很了不起。"

优佳说着，小巧的眼睛中那对漆黑的瞳仁闪闪发亮。我不禁在内心感叹，她确实是个可爱的女生。

正当我对白兔般可爱的她逐渐放下戒心时，父亲突然插嘴："什么律师，不过是个代写状纸的讼师。在我看来啊，顶多就是个合同工。"

父亲就职于经济产业省[1]内负责一个主管煤炭事务的夕阳部门，而哥哥雅俊则在厚生劳动省[2]从事新药许可的相关工作。

推了推鼻梁上架得高高的眼镜，父亲继续说道："这个不肖女，上学时只有成绩还算看得过去，本打算让她进入财务省[3]工作，没想到她不争气，非要干那些社会上的活儿。"

父亲这个人，总以为政府机关就是世界的中心，政府以外的都是"社会"。但凡公务员以外的人士，他都以"社会人"称之。

如今我早已不会为父亲这样的态度而火冒三丈了，但不加

1　日本中央行政机构的主体之一，主要负责提高民间经济活力，确保对外经济关系顺利发展、经济与产业得到发展、矿物资源及能源的供应稳定且保持效率。

2　日本中央行政机构的主体之一，主要负责日本的国民健康、医疗保险、医疗服务、药品和食品安全、社会保险和社会保障、劳动就业、弱势群体社会救助等。

3　日本中央行政机构的主体之一，主要负责编制国家预算草案，管理预算开支，制定税收政策和税收具体方案，制订财政投资计划，发行国债，管理国库、国有财产，发行纸币，监督国家各级金融机构，制定对外汇兑政策、国家财政政策等。

反驳却又让人憋屈得慌。

于是我侧着脑袋，不屑地说："公务员那点可怜巴巴的薪水，我才不干呢。"

场面顿时尴尬起来。

毕竟这个家庭就是用公务员那点"可怜巴巴的薪水"支撑起来的，而今后雅俊和优佳也要凭借那点"可怜巴巴的薪水"维持生活。

"真是了不起的一家人，我家里都是些上班族。"优佳不惜牺牲自己，试图缓解这一剑拔弩张的局面。

虽然平庸，但是心地善良——我不由得对她感到钦佩。

雅俊会选择她作为人生伴侣这件事，开始让我觉得并非那么难以理解了。

雅俊从小就身体瘦弱、胆小怕事，我却既聪明又能干。

即使是上同一个补习班，也只有我鹤立鸡群。当知道我还有个哥哥时，所有人一开始都不相信。

然而我的父亲，却只会夸奖雅俊。

即使我获得全国高中生运动会的参赛资格，在学生辩论大赛中获得金奖，父亲也无动于衷。

回头想想，我甚至不记得自己被父母夸赞过。

顶多是母亲在我完成了自己既不擅长也不喜欢的家务后，会极其罕见地顺口表扬一句"丽子干得真好"罢了。

至于父亲，倒不如说挖苦我才是他的爱好。

因此，在优佳舍身掩护我后，父亲依然贬损我道："年纪不小了，连道菜也不会做，怪不得一直嫁不出去。"

虽然父亲的话早已无法再激怒我，可是骂不还口不是我的风格。

"老爸和老哥也不会做菜，还不是娶到了媳妇？运气真好。"

听了这句话，父亲转过那张与我酷似的轮廓鲜明的脸庞，大喝一声："有你这么跟父母说话的吗？！"

而我无动于衷，以一副泰然自若的表情回应："动不动就把'父母'二字挂在嘴边，我怎么不记得自己有被父亲教养过？在我看来，老爸你不过是个挣钱机器罢了。"

我和父亲彼此怒目而视。

此时，雅俊用不耐烦的语气打破了局面："差不多得了，别挑这种日子吵。你们一见面，就不能好好说话。"

感受到优佳怯生生的目光，我顿时后悔，觉得自己做得有些过头了。

我知道自己和父亲是一类人，他的想法我再清楚不过了。

我倒觉得在这样的纷争之中依然能够闭口旁观的母亲，才是最最深不可测的人。可我唯独不想过的，正是母亲这种只能待在家里默默忍受一切的人生。

母亲留我在家里住上一宿，但我拒绝了她，匆匆走出了家门。

待在家里太久会不利于我的精神健康。我为人理性，不会特地去做无益之事。

回程的电车摇摇晃晃的，加上装有暖气的座椅，我突然犯起困来。

正当我脑袋一沉，就要打起盹时，握在右手中的手机突然振了起来。

我满心以为是信夫发来的联络信息。

那天晚上过后，信夫始终没找过我，我自然也不会主动联络他。但连续五天都没找来，还是有些令人恼火的。

看来我还是有些期待他能联络我，并且向我道歉的。

然而万万没想到，发信人的署名居然是"森川荣治"。

我这个人每次一睡着，就会把头一天发生过的小事忘个一干二净。因此，即使是发生在几天前的事，我也会觉得相当遥远。所以，看到"森川荣治"这个名字的一瞬间，我根本没想起来对方到底是谁。尽管过了一会儿，我想起他是我的某一任前男友，却依旧想不出他找我有什么事。

点开邮件后我才想到——对了，前几天我联络过他。然而邮件里的内容让人目瞪口呆，我不禁将手机里的文字翻来覆去地读了两三遍。

睡意也在不知不觉间飞到了九霄云外。

邮件是这样写的：

剑持丽子小姐。感谢您的联络。我叫原口，曾负责照顾森川荣治的日常起居。荣治已于一月三十日凌晨去世，葬礼也在几天前举行完毕。

上面写的是荣治的死讯。

一月三十日正好是一周前，我和信夫吃饭的前一天。

荣治只比我大两岁，年纪刚到三十。

为什么会这样？

我最先想到的是——在年轻人的死因排行榜中，自杀以绝对优势高居首位，其次是以癌症为首的疾病，最后则是以交通事故打头阵的意外事故。

如此想来，荣治确实有不小的概率死于不测。尽管不太合适，但我突然对他的死因产生了好奇。

得知这件事后，我既没感到恐惧，也没觉得悲伤。虽然有同辈人死去，但总觉得不太现实，没法把它看作一件真实发生的事情。

而且，在努力成为律师的过程中，我见过太多死于不测的案例——例如过劳死、自杀或因工伤死亡，对死亡的敏感度或许也因此而变得迟钝了吧。

我略加思索，随后给读大学时曾在同一个研究小组学习，与荣治也来往甚密的叫筱田的学长发了一封邮件。

筱田与荣治相同，都是从附属小学起就读了直升式学校，一直念到大学。据说两家之间也有着多年的来往。

筱田很快发来回信，说正巧也想和我谈谈荣治的事，问要不要找个地方边喝边聊。

我痛快地答应了。因为我既抑制不住对荣治之死的好奇心，又因在家吵了一架而心烦意乱，很想找个人聊一聊。

我们在东京文华东方酒店 [1] 的休闲吧内碰头。

筱田似乎刚刚参加过某人的婚礼，十分随意地穿着一身花里胡哨的西服，拎着一个装着答谢礼的袋子。他原本个子就矮，时隔几年再见，看上去依旧不高，肚子倒是大了不少，都快把衬衫的纽扣给撑开了。

"咦，你是不是胖了？"我问筱田。

他回道："最近聚餐太多嘛。小丽你倒是没怎么变，但是越来越漂亮了。"

他原本就细长的眼睛眯得更细了。

筱田的父亲是一家小型贸易公司的老板，筱田如今名义上正在留学，实际上却只是在游戏人生。但他还年轻，玩的也只是高尔夫、游艇等较为得体的娱乐活动。

"发生了这种事，小丽你也受了不小的打击吧，毕竟你跟荣治谈过一段时间的恋爱。"

看到筱田深表遗憾地垂下眉梢，我连忙收起脸上的笑容，低头眨着眼睛。

其实我根本没受什么打击，但在这位少爷面前，还是得有点眼力见。

筱田与荣治往来颇深，因此他所受到的打击应该更大。尽管如此，他还是先我一步开口慰问，让我感受到了家教良好的人身上独有的心灵美。对此我感到一丝惭愧。虽然我爱财如命，

1　东京文华东方酒店（Mandarin Oriental Tokyo），位于日本东京都日本桥。

却没有去傍富家少爷，也正是因为我很不喜欢这种问心有愧的感觉。

"话说回来，你找我来想谈什么？"我开口问道。

"这个嘛……"筱田犹犹豫豫地说道，"小丽你是律师，有关荣治的死，我想听听你的意见。"说着，筱田掏出手机，打开了某个视频网站的界面，"有些人不是会在视频网站上投稿，等播放量多起来后靠接广告赚钱吗？"

我点点头。我还听说由于广告费相当可观，为了能够火，人们都在争先恐后地上传大尺度视频。

"荣治有个叔叔叫银治，年纪一大把了，似乎也在靠视频投稿赚钱。"

说着，筱田翻到一个视频。视频起了一个极为夸张的标题——《绝密！森川家族·禁忌的家庭会议》。

点击播放按钮后，屏幕上出现了一个摆放着欧式豪华家具的客厅，里面还有六七个人，有的坐在沙发上，不断变换跷起来的腿，有的在客厅中间走来走去，但是每个人都一副坐立不安的样子，各自打发着时间。

从拍摄角度和清晰度来看，视频似乎是用藏在包里或其他地方的便携式相机偷拍的。

此时，一个看上去年纪在六十岁上下、皮肤黝黑的刚健男子顶着一头银白色的短发，进入了镜头。

"呃，大家好。"他对着镜头压低声音说起话来，"接下来，森川药业的创始人一家即将会集于此。"

听到这里，我不禁"咦"了一声。

"等等，森川荣治的姓氏，难道是那个森川药业的森川？"我瞪大双眼，插嘴道。

筱田望着我的侧脸，按了视频的暂停键。"小丽，你不知道？"

"根本不知道。"

近在咫尺的阔少爷我居然都没有发现，这已经不是一句"灯下黑"能够解释的了。

既然是通过直升式学校读的大学，我自然知道荣治家庭条件不差，但万万没想到，他竟是知名药品企业的贵公子。

荣治从未向我提起过他的父母，而我对自己父母心怀不满，所以也没有主动和他谈过这方面的事情。

"看来小丽你不是因为钱才喜欢荣治的。"

筱田的语气听上去感慨颇深。但我也不好意思坦白，当时只是看上了荣治的长相，只好带着一副难以捉摸的表情点了点头。

"不过荣治也对身边的人刻意隐瞒了自己与森川药业有关的事，他还说过'我可不能比现在更受欢迎了'。"

筱田轻轻一笑，我原本紧绷着的表情也舒缓下来。这的确像是荣治会说的话。

筱田继续播放刚才的视频。

"前几天，我的侄子森川荣治去世了——对了，他是我哥哥的次子——今天将会公布他的遗书，所以我们才会聚集在这里。给大家补充一下知识点，几年前，荣治从他奶奶那里继承了一大笔遗产。虽然不太清楚详情，但听说有六十亿日元。"

"六……六十亿？"我鹦鹉学舌般地重复了一句。即便是大企业创始人家族的一员，对于一个三十岁的次子而言，这么一大笔财产也未免太离谱了。

筱田立刻把手指放在嘴唇上"嘘"了一声。我慌忙望向四周，但休闲吧里各个座位之间距离够远，而且其他顾客都在忙着谈自己的事情。

于是我们继续观看视频。

不久，荣治的顾问律师——一位老年男子出现，开始阅读荣治留下的遗书。不过遗书的内容着实怪异，只听一遍甚至会怀疑自己的耳朵是否出了问题。

一、我的一切财产，全部转让给杀害我的凶手。

二、决定凶手的方法记录在我交给村山律师的第二封遗书中。

三、若在我死后三个月内没能确定凶手的身份，我的遗产将全部上交国库。

四、若我的死亡并非出于人为原因，我的遗产将全部上交国库。

看过视频后，我与筱田沉默良久。

我从未听说过如此古怪的遗书。当然我并非专攻遗产继承的律师，对这方面本就不是十分熟悉。

尽管如此，我依然能断言这封遗书过于怪异。

事实上，这封遗书一经宣布，视频里就响起了一个男人的怒吼——"少扯淡了！这种遗书怎么当得了真！"随后，或许是由于现场的家属们乱作一团，影像也在一片混乱中结束了。

"荣治是被人杀害的？"我直截了当地向筱田发问。

"他的父亲在葬礼上说，荣治是因患流感而死的。"

流感？

筱田的声音在我脑海中响起。

"荣治原本就患有重度抑郁症，体质也十分衰弱。"

我从未听说荣治患有抑郁症。

"到后来似乎已经相当严重，连家人在和他接触时都是提心吊胆的。"

按筱田的说法，荣治后来似乎在位于轻井泽的别墅中独自静养。与他有所往来的也就只有居住在附近的表兄表嫂而已。

尽管如此，也不能让身为病人的他孑然一身地待在那里。他的主治医生会定期上门诊疗，附近的医院似乎也派了专属护士对他进行看护。一般人自然无法享受到这样的待遇，也就只有在森川药业这种大公司的地盘里，才能走通医院的门路，享受到这种特殊待遇。

光听这些，只会让我感慨"有钱人就是不一样"，但想到荣治的家人对他如此疏远，也确实令人有些心寒。我突然觉得自己在俯视一个黑漆漆的井口，感受到一阵深不见底的落寞。

不过话说回来，我连荣治患有抑郁症的事情都不知道，又有什么资格去责怪那些亲属呢？

"你知道他为什么会患上抑郁症吗？"

筱田摇了摇头："连他父亲都不知道原因。我知道不合适，但在荣治还活着的时候，我出于好奇问过他为什么会这样。可那家伙一脸严肃地回答：'我这么英俊，又这么有钱，上天给我的恩赐已经太多太多。我是这个世界上的异类，像我这种优秀到犯规的人，不该活在这个世上。'你说这要我怎么回？"

筱田的表情变得低落，我却忍俊不禁，扑哧一声笑了出来。

我突然清晰地回忆起关于荣治的往事。对早已进入社会的我来说，在学校发生的事已经很遥远了。如今我的心情，就好像无意间翻开了一本令人怀念的旧相册。

事实上，荣治原本就是个无可救药的自恋狂。

要问有多严重，这么说吧，每当我们出去购物，他都会欣赏自己映在商店橱窗里的倒影，继而喃喃自语："我长得如此英俊，这样真的合适吗？"

因为他确实很帅，所以这样的话还算可以接受。

然而这还没完——

"像我这样被上天眷顾的人要怎么活下去？神明究竟对我有什么期待？我有义务将神明的恩赐分享给这个世界。"

他会这样叨叨着，并走进最近的一家便利店，把身上的所有钱都塞进募捐箱里。有几次他还因此没钱坐回家的电车，只好从我手上拿一张千元纸币去用。

嘴上大话连篇，人却傻乎乎的。

该说他目光短浅，还是乐观呢？或者只是喜欢大惊小怪？

如果是略微的自负和犯傻，我可能会对他生气，会想反驳，但程度如此之夸张，我也只能心服口服了。

因此，我毫不怀疑刚刚筱田说的内容。

"的确像是荣治会说的话。对他患上抑郁症这件事，我深表同情。"尽管对抑郁症方面的事有些好奇，但需要了解的情况还有太多，因此我暂时将抑郁症的事搁到了一边，"但既然他最终死于流感，那么情况就属于条款中的最后那句'并非出于人为原因'，对吧？"

面对我的询问，筱田没有作答。

只见他举止不太自然，不停地挠着自己圆乎乎的下巴。

"咦，怎么不说话？"我瞥了筱田一眼，只见他的额头上冒出了豆大的汗珠。

筱田张了张嘴，犹豫一下又闭上了。随即仿佛下定决心般开口："在荣治去世一周前，我曾与他见过一面，那时我的流感刚刚痊愈。怎么样，这六十亿我能拿到吗？"

筱田微笑着，活像个刚刚学了新恶作剧的孩子。只见他眼中放射出柔和的光辉，怎么看都不像是不久前刚刚得知朋友去世消息的样子。

我目不转睛地望着筱田，心想：这家伙或许是个相当高明的骗子呢。

3

我觉得有这个可能。

"如果你是刻意将流感传染给荣治的，那就可以说是你杀了他。"

不过通常情况下不会有人这么干的。如果想要谋杀，应该会选择更靠谱的手法。

但既然木已成舟，将这种行为认定为"他杀"或许更加合适一些。前提是，凶手主动认罪。

"只不过……"筱田开口道，"我可不想因故意杀人罪被捕。怎么样，有没有什么办法，能让我既不被警察追查，又能得到荣治的遗产？"

一瞬间，林林总总的想法在我脑海里闪过。

遗产继承法中原本就有"缺格事由"的说法。意思是，故意杀害被继承人并因此而遭判刑者，将丧失继承遗产的权利。

不过它所针对的对象仅限定于"遭判刑者"。也就是说，如果没有遭到刑事处罚，即使真的"杀了人"，也能够继承遗产。

想对某人进行刑事处罚，需要收集的证据比民事案件要多得多。首先要做的就是提出如山的铁证，向相关部门证明此人确是凶手无误。

所以从理论上来说，即使在民事审判中被认定为凶手，在刑事审判中也可能会被宣判无罪。

不过实际情况又如何呢？真的能钻这种巧妙的空子吗？

"嗯……首先必须弄清遗书中所写的'决定凶手的方法'是什么。"我谨慎地继续说,"举个例子,假设存在这样的情况——自称是凶手的几个人彼此约定严守秘密,谁也不能报警。不然哪个人会随随便便站出来承认自己是凶手呢?"

然而就在此时,脑海中突然闪过一道熟悉的法律条文,是我在上大学时接触到的——

《民法典》第九十条,公序良俗。

在当今日本,原则上个人与个人之间可以做任何形式的约定,签订任何形式的合同,这是属于公民的自由。

不过有原则就有例外。如果违反公序良俗、性质极其恶劣,合同也是可以被判定无效的。

典型的例子就是约定外遇出轨的合同,或是雇凶杀人的合同。

"我跟你说,这封遗书是有可能被判无效的。"我压低声音说,"为杀人犯提供报酬是违反公序良俗的行为,很有可能会被判为无效。荣治的计划或许是用这种方法引诱不知情的凶手主动招供,然后让凶手因遗书无效而人财两空。"

筱田一瞬间瞪大了细长的眼睛,嘀咕道:"居然会这样……"

"说到底,荣治为什么要留下这样的遗书?难不成他渴望被人杀害?"我从听到遗书内容起就始终怀着这个疑问,如今终于问出了口。

"谁知道呢。"筱田疑惑地回道,"不过,之前荣治的举止确实有些怪异。我不知道他的抑郁症严重到了什么程度,当然也有可能是出于其他原因，但最近几年，荣治的言谈举止总是有点被害妄想症的色彩。"

"被害妄想？"

"嗯，例如常常会说出'有人监视我'之类的话。问他为什么这么想，他就絮絮叨叨地说'早上起床发现房间里的摆设发生了细微的变动'。估计这只是他的错觉。我和荣治自打小学起就是朋友，也正因如此我才无法忍受他怪异的行为，这几年始终和他保持一定的距离。"

荣治的确偶尔会说些怪话，但总体上还是一个性格开朗的人，也没什么遭人憎恨的地方。被害妄想这个说法总感觉和荣治搭不上边。

"那天，他邀请我参加他三十岁的生日派对，所以我久违地与他见了一面。但我发誓，我真不是有意把流感传染给他的。退烧后，我还老老实实地多等了两天观察期才赴会呢！"

望着百般寻找借口的筱田，我不禁有些来气。想要钱的话，直说不就好了。

"然后呢？荣治一死，你就觊觎起了他的财产，打算以'凶手'自居吗？"

筱田垂头丧气的，仿佛一个刚被母亲责骂过的孩子。平时我一见这样的男人就忍不住穷追猛打，不过这次我忍住了，因为我察觉到了筱田对我提起这件事背后的用意。

"如果可以的话，这笔钱我当然想要，但我也想知道森川家究竟发生了什么。"筱田从口袋里掏出手帕，擦着自己宽阔的额头，"我们家与森川药业平时虽然没有直接交易，但森川家穿针引线地为我们介绍过客户，还给过我们许多关照，所以我还以为荣治的葬礼上我家肯定要献花圈。可父亲不仅没有准备花圈，连葬礼都不打算参加，还告诫我今后与森川家保持距离。但我没听他的，还是参加了葬礼……"

"然后呢，你就觉得森川家发生了什么怪事？"我焦急地插嘴问道。

"是的，父亲似乎知道内情，但始终讳莫如深。可能与我们家的公司有关，也可能和荣治的死有关。"

"不过，实在想不出你们的家族企业与荣治的死之间能有什么特殊联系。"

一方面，荣治的遗书固然古怪，但也有可能是被害妄想症发展到一定程度后的产物。

另一方面，筱田家与森川家不和，也可能只是源于两边家主的矛盾。这种失态的行为，自然不会对儿子明说。因此，这两件事我都不觉得有过多古怪。

"不对，我还是觉得不太对劲。维系了好几十年的关系发生变化，荣治留下奇怪的遗书后死亡，这两件事居然同时发生，实在不像是巧合。"筱田握紧了一条熨烫得平平整整的手帕，"小丽，你能不能做我的代理人，帮我调查这件事？如果你自称是凶手的代理人，一定能打听出不少有关遗书与森川家的事。提到我的时候就说是委托人，不要说出我的名字。"

"不要。"筱田的话音刚落，我便一口回绝了他。

"咦？"筱田怪里怪气地"咦"了一声，似乎没有料到自己会被拒绝，"放心，报酬我肯定会付的。"

"想都别想。"我斩钉截铁地予以拒绝，"即使荣治的遗产有六十亿元，其中的二十亿也会归荣治父母所有，这与遗书内容无关。"

无论遗书上写了什么，荣治的父母身为法定继承人，都有权继承一定的财产。这在日本的相关法律中叫作"特留份"[1]，必须要法定继承人提出申请才能得到，不过遗产数额如此巨大，荣治父母的律师是不会放过的。

"然后，即使真的剩下四十亿，至少也要征收一半的遗产税，所以到手估计只有不到二十亿了。即使成功后分给我百分之五十的报酬，我能拿到的顶多只有十亿，根本就不划算。"

这种脏活儿一旦干上一次，我的名字立刻会在网上尽人皆知，然后被打上"××律师"的标签。这样一来，过去有合作关系的保守派上市企业估计再也不会把工作委托给我了。

而且这十亿元报酬，得在一切顺利的前提下才能到手。即使乐观估计，这个期望值也依旧过高。

老实说，我踏踏实实地工作，早晚也能赚到十亿元。

这样一想，我绝对不能答应，眼下的条件根本无法让我提起干劲儿。

筱田斜着眼看着我问："可是小丽，你也很好奇吧？荣治为

1　是指法律规定的遗嘱人不得用遗嘱取消的、由特定的法定继承人继承的遗产份额。

什么会留下那样的遗书？"

这话不假，要说看热闹的心理，我多少也有一些。

不过金钱更加重要。

"我对他这样做的原因不感兴趣。"

筱田露出一副悲伤的表情。尽管我有些同情他，但还是在心里嘀咕了一句"你就别多管闲事了"。

随后我们又聊了一些无关紧要的事，然后就慢慢腾腾地分别了。

我们都把对方折腾得不轻。

森川银治似乎是个小有名气的视频博主，荣治的遗书很快就流传得尽人皆知。

电视新闻或报纸不敢随便接触这种豪门秘事，但网络新闻还是转载了银治的视频内容。

因此，光是搜索荣治的名字，都能蹦出一堆盘点他的资产或介绍性格为人等个人信息的链接。

这些所谓的"盘点网站"中总结出的东西不仅相当肤浅，还有大量连我这种不怎么熟悉荣治的人也能一眼看出是胡说八道的内容，让我越看越气。

在写东西之前，他们都不能事先调查一下吗？

那就由我亲自来调查吧——

我怀着轻松乐观的心态做了这个决定。

实际上，我也好奇荣治究竟拥有多少资产。

正好，与筱田见面以来，这几天我在家始终无所事事。外国电视剧看得太多，需要干点别的事情打发时间。

要想查清荣治的资产，就得从森川药业查起。

森川药业是上市企业，从他们的有价证券报告书[1]着手调查，应该是条捷径。

难得的是，大股东一栏中记载了创始人的持股数。这样一来，只要用实时股价与持股数相乘，就能大致得出对应股份的资产量。

我趴在床上，打开笔记本电脑。有价证券报告书在电子公开系统 EDINET[2] 上就能轻松阅览。

森川药业的有价证券报告书颇为壮观，足足有两百多页。我大致扫了一眼，很快找到了其中的关键之处。

已发行的数量约十六亿股，今日的实时股价是四千五百元左右，通过简单计算，公司的当前市值为七兆两千亿元。

接下来，我直接将目光移到大股东名单上。

位于大股东名单首位的是外资投资企业"理查德资本管理股份有限公司"。

从大股东名单的第二位开始，都是些信托银行与投资公司

1　是指根据《金融商品交易法》，使用有价证券（股票、债券）筹集一亿日元以上资金的企业等，有义务提交的资料，它记录了企业年度的业绩、企业状况、企业概要等信息，公民可以通过特定渠道对其进行免费阅览。

2　全称"Electronic Disclosure for Investors' Network"，是日本金融厅基于《金融商品交易法》所建立的电子信息公示系统，可以用来查看公司向社会公示的资料。

的名字，没有一个是个人股东。不过规模如此庞大的公司，个人自然难以大量持股。

正当我单手托腮，面无表情地盯着屏幕时，目光突然停在了大股东名单上的第九位与第十位上。

K&K 有限责任公司

AG 有限责任公司

列着这样的两个名字。

原来如此，这倒是很有意思。

有限责任公司，是对个人资产进行管理时经常使用的一种公司形态。而且光是"AG 有限责任公司"这个名字，就足以引起我的注意。

我立刻登录法务省[1]官网，访问注册公司的在案记录，申请索取这两家有限责任公司的注册信息。

三天后，注册信息送到了我手中。看过这份资料后，我不禁挥臂欢呼。

在 K&K 有限责任公司的注册信息上，"代表雇员"一栏内赫然写着"森川金治"，而"行政雇员"一栏内写的则是"森川惠子"。毫无疑问，这家公司正是森川家的家族信托公司。

尽管不清楚森川金治与森川惠子的确切身份，但既然荣治

1　日本中央行政机构的主体之一，主要负责维持基本法制、制定法律、维护国民权利、统一处理与国家利益有关的诉讼。

的叔叔叫"银治",那么荣治的父亲自然应该叫"金治"。而惠子想来就是金治的夫人,也就是荣治的母亲了。

至于 AG 有限责任公司就更简单明了了,无论是代表雇员还是行政雇员,表格里填的都是"森川荣治"的名字。一眼就能看出这是荣治一个人的公司,可以理解成管理荣治个人资产的信托公司。虽然不出我所料,但用谐音梗 [1] 起了个"AG"的公司名,真是一点也不好笑。

据银治所说,荣治是家里的次子,说明他应该还有个哥哥。然而在登记簿里却没找到他哥哥的名字,这让我觉得有些离奇。但我正为自己正确解读出了这些信息感到喜悦,也就没怎么在乎这个人物。

就这样,我怀着激动的心情重新阅读了一遍森川药业的有价证券报告书。

AG 有限责任公司的持股比例是百分之一点五。

也就是说,荣治拥有七兆两千亿元的百分之一点五 —— 实时价值总额为一千零八十亿元的股份。

我顿时感到心跳加速。

即使有三分之一的遗产被荣治的父母继承,也还剩七百二十亿元,再扣掉超过百分之五十的继承税,还剩三百亿,如果其中的一半作为成功后的报酬……

一百五十亿。

---

1 "荣治"的日文发音与"AG"发音相同。

我倒吸一口凉气，然后把这口气吐了出去。

我告诉自己冷静下来。

为什么当初银治会说出六十亿这个数字呢？就算他被家族排斥，这个预测也差得太远了吧。

而且，光是通过公开信息就能查到这么多内容，那么这笔钱很有可能被某些坏家伙觊觎——此时我已经彻底忘记自己也是惦记着这笔钱的人了——我能够竞争过他们吗？

再说了，荣治的遗书很有可能被判定为违反公序良俗，虽然最后还是要看法律解释，但如果真的打起官司来，我能稳操胜券吗？

一瞬间，我头脑中浮现出各种可能会出现的阻碍。仔细想想，这件事的风险实在是太大了。

然而不同于头脑中的想法，我的内心深处涌动出某种念头，这个念头似乎早已替我决定了前进的方向。没错，我一向如此，仿佛有某种动力在身后推着我前进、战斗——然后获得胜利。

一股忘乎所以的感觉突然涌上心头，此刻我觉得自己仿佛无所不能。

我拨通了筱田的电话。

"之前的提议，我答应了。只不过一旦成功，你得到的好处要跟我五五分成。"我没有理会筱田含糊其词的回答，自顾自地继续说道，"来构思一个完美的杀人计划吧，我会帮助你成为杀害荣治的凶手。"

第二章

中庸的谋杀

1

这是我对凶手的报复。

给予即是剥夺。

凶手将带着我的财产过完这一辈子。换言之，他一生都将处于我的支配之下，被我的亡灵纠缠。

为了确保凶手落网，我决定，如果最终未能发现凶手，我的财产将全部上交国库。

一、决定凶手的办法

过去我有一辆哈雷摩托车遭窃，我去警察局报警，警方却根本没有调查。不仅如此，他们还挖苦我说"都怪你年纪轻轻还骑着高级摩托车到处乱跑"，因此我对警察丝毫不抱信任。

那么，我信得过谁呢？要说我所认识的人中哪几位最聪明，还得数森川药业的经营团队。

因此，被森川金治（董事长兼总裁）、平井真人（董事兼副总裁）、森川定之（专务董事）三人同时认定为凶手的人，将成为这则遗书中所说的"凶手"。

我不希望凶手受到刑事处罚，所以，认为自己是凶手的人可以放心大胆地站出来。

请在森川药业总公司大厦里选择一个保密性绝佳的会议室，让凶手候选人与三位董事面谈。所有与此事相关的人都将签署保密协议，约定不得将此事透露给警方。因此，凶手大可不必害怕，尽管放心大胆地站出来。

二、对支持、照顾者的馈赠

另外，我还希望向支持、照顾过我的人单独赠予财产。

这是百分之百发自善意的赠予，各位请放心接受，使用时也千万不要客气。只不过如果各位能在日常生活中偶尔回想起我、怀念我，我就十分欣慰了。

1. 向我在初高中时所属的足球社成员，赠予八王子的土地。

2. 向我从小学到高中各个班级的班主任老师，赠予滨名湖的土地。

3. 向我上大学时所属的派对活动社成员，赠予箱根的土地。

4. 向我上大学时所属的经济研究小组成员，赠予热海的土地与别墅。

5. 向我的各位前女友（名单放在这里会有些难为情，所以将以附件形式提供），赠予轻井泽的土地与别墅。

6. 向过去一直为我理发的美发师山田师傅、为我推荐过有机整发液药铺的中园师傅，赠予鬼怒川的土地（不过有点小）。

7. 向我的爱犬巴卡斯的主治医生堂上医师、总是陪巴卡斯散步的堂上医师之子小亮、对巴卡斯进行管教的佐佐木先生、巴卡斯的饲养员井上先生、为巴卡斯生产提供场地的中田先生、管理中田先生土地的管理公司总裁铃木先生，赠予伊豆的别墅。

…………

面对这份没完没了的遗书，我与筱田简直摸不着头脑。

我从未见过如此古怪的遗书。

荣治留下了简易版的第一封遗书与详细版的第二封遗书，共计两封遗书。

银治的视频流出一周后，遗书全文也被公布在荣治聘请的顾问律师的网站上。于是，我和筱田匆忙在上次碰头的休闲吧会合。

"根本看不出他有什么打算。"我滑着平板电脑上的页面，疑惑地说。

仿佛荣治在回顾自己的人生后，将给过自己哪怕只有一点点好处的人全部凑拢在一起，把所有这些人统统放进了第二封遗书。

该说他是傻子，还是老好人呢？无论哪个都很会给人添麻烦。

他所提到的"对凶手的报复"之类的说法也很莫名其妙。

"给钱能算是报复吗？如果我是凶手，不但作案成功，还能得到一大笔钱，只会觉得自己运气爆棚。"筱田仍然是一副疑惑不解的样子，低声说道，"嗯……如果非要解释，这或许也是让凶手产生负罪感的一种方法吧。这样一来，每当他花钱时，都会想起曾被自己杀害的那个人。"

嘴上这么说，但筱田的语气听上去依旧没什么自信。

"可是如果杀了自己所憎恨的人，还能从他手中得到一笔巨款，倒不如说每次花钱的时候都会无比爽快吧？"

"这倒也是。"筱田双手抱胸，回道。

暂时想不通这个问题，我又将视线挪到"决定凶手的办法"这部分内容上。

"遇害者本人不希望凶手受到刑事处罚，似乎也不想让人将凶手的身份透露给警察。"

听了我的话，筱田一边点头一边插嘴问道："这样一来，就算凶手站出来承认，也能免于刑事处罚吧？"

会有这样的疑问，倒也正常。

"原则上是这样的。但如果有人不想保守秘密，也有的是方法规避处罚。而且，保密协议本身也可能会因违反《民法典》第九十条规定的公序良俗，而被判定无效。"

"从法律上来讲，这则遗书能被判定为有效吗？"

"嗯……众说纷纭吧，容我来弄个清楚。"

在接下来的一周，我一直泡在律师协会的图书馆里，调查与荣治遗书有效性相关的判例和学说。其中一本学术书籍甚至讨论了小说《犬神家族》[1]中登场的犬神佐兵卫留下的遗书是否有效。本次事件中的遗书同样相当古怪，但从逻辑上来说，似乎也不是不能厘清。

"唯有胶带与逻辑能联结一切。"无意之间从口中蹦出来这句话。这是律师事务所的上司津津井律师的口头禅。回想起津津井律师柔和的笑容，我再次怒上心头。为了消火，我强迫自己将思绪拉回到荣治的遗书上。

"先不管法律上的问题，重要的是，森川药业真的会按这份古怪的遗书行动吗？"

凶手评选会随时可以预约，现在已经开始接受报名。按遗书所说，评选会会场就设在森川药业的总公司大厦内。

我用手边的平板电脑浏览着森川药业的网页，从中找出一条简短的公告。

内容总结起来就是"森川家遗产继承纷争与本公司无关"，并强调"森川家与公司签署过租用会议室的相关合同，因此公司只是租借场地供其使用"。

这也难怪。从银治的视频公开到遗书全文公开的这一周时间里，荣治的遗产纠纷顿时成为整个社会的焦点。

自称凶手的人纷纷出现。

1　日本著名长篇推理小说，由横沟正史创作，为"金田一耕助"系列之一，讲述了日本商界巨富犬神佐兵卫去世后，留给三个女儿与三个外孙极其苛刻的遗书的故事。

也不知是事实还是玩笑，社交网站上已经有许多账号因发表"我杀了森川荣治"的言论而被封号或禁言。还有不少流浪汉去警察局自首，表示自己就是凶手。

由于这类恶作剧式的自首电话数量太多，长野县警方甚至发出了这样一条公告——

停止恶作剧电话！假意自首行为涉嫌妨碍公务罪！

还有许多人要求警方展开调查。但长野县警方明确表示荣治是因病而死，考虑到还有其他案件需要处理，所以对荣治的死亡暂时不予调查。

这场轰动也波及了森川药业。为此，公司股价暴跌，至今未能恢复稳定。

连机构投资者都向公司经营团队发出了一封公开问询函。不难想象，如今森川药业的投资者关系部肯定像捅了马蜂窝般乱作一团。

荒谬的事还多的是——杂志社的记者为了采访，强行闯过森川药业总公司前台，并从消防通道成功爬上十五楼，随即被抓住，以非法入侵的罪名转交给了警察。

就连当初坚持对此事置之不理的电视台，如今也在综艺节目中开设了专题。如果说之前这件事还只停留在传闻阶段，那么在遗书公开之后，被指名的总裁、副总裁、专务三人遭到记者们的围追堵截，也就不足为奇了。

总裁与专务都是森川家族的成员，对于自己的家事，他们当然必须处理。

平井副总裁则是森川药业的控股股东——理查德资本管理股份有限公司派遣的"雇佣经理"。理查德公司打算加强对森川药业的控制，自然也会加倍关注荣治所持股份的去向，不会对他的遗书置之不理。

如果要再说点什么，我还很同情荣治的顾问律师。

荣治在第二封遗书中提到"向支持、照顾过我的人单独赠予财产"，而我也是这些人中的一员。

要将大量遗产分给这么多人，光是办理手续就相当麻烦了，换作是我，肯定不乐意干这种麻烦事。

荣治的顾问律师名叫村山权太，似乎隶属长野县一家名为"民生"的律师事务所。

光是"民生律师事务所"这个名称就够让我厌恶的了，听上去给人一种"贴近百姓生活"的感觉。不难想象，这是一家承接一大堆赚不了几个钱的活儿的、既寒碜又破烂的事务所。

不只是荣治的父亲，他的哥哥和亲戚恐怕也要忙活起来了吧？

第二封遗书的末尾处写着："上文中提到的人士，希望能在不少于三名森川家人的见证下接受馈赠。"

这样一来，即使森川家全员出动，想必也会是一幅手忙脚乱的场景。

"为什么要如此大张旗鼓呢？"我不禁问道。

筱田也"嗯"了一声，道："荣治这个人尽管平日里言行夸张，但绝不是那种要求全世界都围着他转的人。这种折腾熟人的行为，不像是他会做的事。"

我默默地点了点头，继而想起过去自己向荣治借橡皮，他会大方地直接把整个笔盒都拿给我。荣治的确心地善良，只是喜欢小题大做。

我将第二封遗书重新仔细地看了一遍。

每个字都棱角分明，应该是荣治亲笔所书。尽管对笔迹抱有怀疑，但我已经完全想不出荣治的字迹到底是什么样的了。不过，毕竟当初不是通过书信沟通，没见过男友亲手写的字也很正常。

"啊，这里。"筱田用圆乎乎的指尖指着遗书末尾处。

"你看遗书完成的日期。第一封遗书是今年一月二十七日完成的，第二封遗书是第二天，也就是二十八日完成的。而荣治死亡的日期是一月三十日凌晨，也就是说，两封遗书分别是在他死亡的三天前和两天前完成的，这个时间点未免也太巧了吧？"

筱田说得没错，仿佛荣治预知了自己的死期一样。

"荣治是患流感而死的，或许他在去世前两三天就已经高烧不退，坚信自己会因此而死吧？"

"那毫无疑问就是因病而死，再使用'凶手'之类的说法就太奇怪了吧？"

"你是想说，他预料到自己会被杀害？"这句话问出口，连我自己都觉得荒唐，筱田当然也不知道是怎么一回事。

我们想象了各种可能，最终也没想明白。毕竟手头的信息少得可怜，再多想也没什么用。

"话说回来，荣治的死亡诊断书是什么情况？"

为了确定荣治的死因，我提前告知筱田，让他去弄一份死亡诊断书来。

但筱田说："死亡诊断书似乎最多向三代以内旁系血亲开具，我实在不知道以什么理由去向荣治的亲戚要诊断书。"

筱田发着牢骚，他似乎根本就没有行动的打算。

在这一周里，我给筱田打过无数次电话，就是为了拿到这份死亡诊断书。

社会上已经有许多自称凶手的人站出来了。如果出现与凶手条件高度吻合的人，报名很有可能会提前截止。毕竟，被指名为评选委员的三位股东也不可能没完没了地陪大众进行这场闹剧。

我重重地坐在休闲吧那张柔软的沙发上，望着垂首不语的筱田。看来，这一周他那边完全没什么进展。

"事态已经到了分秒必争的地步，你能联络到荣治的主治医师吗？"

筱田点了点头："荣治的主治医生是滨田医师，但最近他正忙着竞选院长，不太方便和人见面。"

"话别说这么死，总得想想办法……"

我正要开始教训他，筱田把包放在膝盖上，将手伸进包里。

"这个。"他掏出一份文件，正是荣治的死亡诊断书，"滨田医师打算竞选院长，为此需要资金打通关节。"他压低声音继续说道，"至于钱，我还是有那么一点的。"

筱田又嘟囔了几句，似乎不想让我因行贿而瞧不起他，然而这些话我根本没听进去。

更重要的是，通过滨田医师被筱田顺利收买这件事，我突然想到了一个能顺利通过凶手评选会的方法。

"这样一来，我们或许真的能赢。"

筱田惊讶地盯着我。

"反正只是在商言商罢了。"

我抑制住激烈的心跳，当即用平板电脑在凶手评选会的网页上报了名。

2

五天后，二月十七日周三下午三点。

我来到了位于品川的森川药业总公司。

这个时间段通常没有什么西装革履的客人来访，然而在总部附近，却有着几十个身穿牛仔裤，带着袖珍相机，或是穿着羽绒服，在匆忙接打电话的男子。一看就十分可疑。

估计这些人都是记者，目的则是拍摄参加凶手评选会的

“选手”。

一个浑身酸臭的流浪汉正被一群男子围在中间。麦克风纷纷对准了他，周围的闪光灯也闪个不停。

真是蠢到家了。那种老人怎么可能会和森川药业的贵公子扯上关系。对于这样一个不会被任何人视作凶手的人，记者们又是拍照又是采访的，真是毫无意义。

略远一些的地方站着一位身穿薄羽绒服的女人。她的年龄看上去在三十五岁上下，脸颊瘦削，背有些驼。

注意到她后，有记者跑了过去，不失时机地将话筒对准了她。

“您是来参加凶手评选会的吗？”

四处都能听到这样的询问声，镜头转来转去。

不太像是森川药业正规访客的，尤其是那些衣着不太整洁的访问者，都会被记者大军当成凶手评选会的“选手”，继而被围得水泄不通，寸步难行。

而我作为一名身着正装的普通人，却未遭到记者大军的围堵，因此得以顺利穿过人群，快步向前走去。

在前台表示已经预约后，我被带到了位于大厦顶层——二十三层角落的一间会议室。这里的安保十分严密，到达会议室之前，工作人员领着我换了两次电梯，输了三次密码。

进入房间后，我看到会议室内摆放着一张能容纳二十人入座的椭圆形会议桌。最里侧坐着三位男士，我进来后他们既没起身，也没有主动打招呼，眼神依旧落在手头的资料上。

会议桌旁站着四个体格健壮的黑衣人，看上去应该是保安。其中一个黑衣人对我说："请坐。"

我向坐着的三位男士行了一礼，随后在他们对面最中间的座椅上落座。

事先通过报纸杂志预习过一番，因此我知道，正对面的座席上最中间的那位男士就是总裁——森川金治。他是荣治的父亲。

金治本人比网上照片里的样子小上一圈，要打比方的话，他简直像是一只小号的斗牛犬，长相令人难以恭维。荣治和他长得一点也不像，我只能猜测他太太是个绝世美女了。

金治直勾勾地盯着我的脸，让人觉得有些冒犯。

"我是森川药业的董事长兼总裁，森川金治。"

他的嗓音也和斗牛犬一样沙哑。

金治是森川家族的嫡系长子，在批发零售行业摸爬滚打了近十年后进入森川药业，理所当然般地不断晋升，最终坐上了总裁的位子。

金治姐姐的丈夫、金治本人的姐夫便是森川定之。

从我的位置来看，森川定之坐在金治右侧下位。他长着狐狸般的面孔，相貌平平，不太起眼。望着他，我不禁联想到了自己的哥哥雅俊。

"这位是专务森川定之。"金治为定之做了介绍。

定之没有望向金治，而是再次向我报上姓名："我是专务董事森川定之。"

与偏向于维持现状、稳健提升利润的金治总裁相比，身为森川家族上门女婿的定之则更加热衷于新业务的开拓和新药的开发——与他平平无奇的外表恰恰相反。虽然只在杂志上看到过小道消息，但在森川药业中，似乎真的存在"总裁派"与"专务派"这一对派系斗争。

森川药业作为一家上市公司，却依旧由创始人家族成员担任董事，这种做派看上去似乎落后于时代了。但十多名董事中，森川家族的家族成员只占两位，所以还没有到不合理的程度。

森川药业成立于"二战"后不久，现已经营业近七十年，公司依旧长盛不衰。

然而二〇一〇年之后，公司业绩出现下滑的迹象。当时恰逢日本进行医疗改革，严禁制药公司对医生过度吃请，至此，森川药业一直以来尤为擅长的"激进"营销手段便不再奏效。

最后一位是平井真人副总裁。几年前，为了重振陷入财务困境的森川药业，大股东外资投资企业——理查德公司将这位副总裁派遣过来。

从我的方向看，平井副总裁坐在金治左侧上位。

这位叫平井的男士只消看上一眼，便能够叫人感受到他身上的魅力。皮肤黝黑、无所畏惧的面庞，让人联想到雄鹰一般的锐气。四十岁不到的他，与六十出头的总裁和专务坐在一起，简直像父子一样。

"我是平井。"他紧紧地盯着我的双眼，自报家门。

在网上也有许多与平井相关的报道。

他的职业生涯可以追溯到大学一年级。平井从小便与母亲相依为命，为了赚取学费，他在上大学期间就开了一家公司。如今看来，他似乎颇具商业头脑。公司迅速发展，很快就在东京证券交易所上市。他逐渐卖掉自己持有的股份，大学毕业时，他已经赚到了人生的第一桶金。

正常情况下，这笔钱已经足够让他无忧无虑地生存下去了。但不知为何，他却选择去一家投资公司工作。在那里，他主持了对多家公司的股份收购工作，并积极参与公司管理，使公司股票增值，获得长期回报——这也正是投资公司的典型运作方式。

不过，同类公司多如牛毛，以他这样的方式当上公司特别顾问与外部董事的例子也不计其数。他后来又是凭借什么样的经历，才进入森川药业，成为该公司史上最年轻的副总裁的呢？

像他这样的精英，如果为多家公司提供咨询业务，一年稳赚一亿日元不成问题。但他几乎只参与森川药业的内部业务，这样来看，年收入远远达不到一亿日元。我很好奇他这样做的用意。

"我是律师剑持，感谢各位在百忙中抽出时间与我交流。"我挺直后背深鞠一躬，脸上浮现出自信满满的职业笑容。

金治似乎有些意外，仔细打量起我的脸。

他这一辈的男人，听说我这种年轻貌美的女士从事律师工作，通常会产生浓厚的兴趣，举止上甚至会显得有些冒犯。因此，即使迎着金治的视线，我也没有过于不悦。

"今天的流程是怎样的呢？"我开口问道，脸上的表情始终未变。

"这个嘛，我们会问你几个问题。"左侧的平井副总裁率先开口，"首先转达我方顾问律师的话——在场的所有人，无论是我们几位董事还是保安，都有义务对今天听到的内容保密。即使被警方询问或上法庭对峙，也不准向他人提起。不过森川家族的人例外，当遇到必须召开家庭会议才能得出结论的问题时，可以与家人适当分享信息。尽管从法律层面上讲，有些问题不太好解释，不过总而言之，我们都会对今天的事情守口如瓶，不会向无关人士透露任何信息。所以你大可放心，如实叙述。"

我静静地点了点头。

看来是顾问律师指导他们一开始要这样说的。

"当我们三人同时认定某人'毫无疑问就是凶手'时，此人将被认定为真正的凶手，评选也就此终止。不过，短时间内或许没法认定凶手，因此当我们三人中不少于两人认为某人'可能是凶手'时，此人就通过了初选。接下来我们会将其与其他候选人进行比对，三人通过讨论，共同评选出最有可能是凶手的人。"

不知为何，他这番话听上去有点好笑。

没想到商务人士连在问话时，都像在面试应届生一样。

我对此感到既惊讶又钦佩。

"然后呢，你是怎样杀害森川荣治的？"平井用装糊涂似的语气向我发问。

"杀害森川荣治的是我的委托人，我只是他的代理律师。"

"原来如此，那委托人又是谁？"平井又问。

"我的委托人不愿透露自己的姓名，因此我也只能在遵守保密协议的基础上与您交谈。"

"哼，好处净让你们得了。"金治插了一句，语气听着像是在居酒屋说话一样。

"算啦，算啦。"平井从中调解，继而又问，"然后呢，你的委托人是怎样杀害荣治的？"

"请过目。"

我递过去两张纸。

一张是荣治死亡诊断书的复印件。

另一张是筱田的流感诊断书，印有他名字的部分自然是被涂掉了。

"姑且将我的委托人称作 A 吧。今年一月二十三日，A 出席了荣治在轻井泽别墅举办的生日派对。当时荣治已经患有严重的抑郁症，无论是体力还是免疫力都相当低下。A 当时流感刚刚痊愈，他知道自己是病毒携带者，但依然去见了荣治，并与荣治近距离饮食、谈话。他蓄意将流感传染给荣治，并计划让原本就体质虚弱的荣治丧命。随后，荣治生日的第二天，也就是一月二十四日，荣治体温升高。几天后，他被诊断为流感。最终荣治高烧未退，一月三十日，不幸去世。"我缓慢而流畅地将这番话讲完。

"哼，利欲熏心的混账。"金治在我正对面交叉着胳膊骂了一句，完全不像是富豪的样子，"全都把我儿子当成摇钱树了。我儿子是因患上流感而死的，也就是病死的，而不是被人杀害的。"

这时，始终保持沉默的定之专务说道："老实说，除你以外，已经有不少人拿着流感诊断书与荣治的死亡诊断书给我们看了。"

他一副无可奈何的样子。

不过，这早在我预料之中。

既然筱田能通过收买滨田拿到死亡诊断书，其他人自然也能轻易拿到。

定之专务摆出一副假正经的表情继续说道："虽说这个评选会有些莫名其妙，但既然我做了评选委员，就希望能进行公平公正的判断。遇到这种情况，我也搞不清到底谁才是凶手。"

这个大叔，长着一张狐狸脸，却是只不折不扣的狸猫[1]。

我在暗骂的同时，也在心里窃笑。

早就料到会是这样。

如果荣治的财产会被转让给凶手，那就意味着森川药业的巨额股份也将归属此人。如果没有警方及第三方监管，仅由三位董事来决定"凶手"，他们选出的必然会是有利于后续经营

---

[1]　在日本神话中，狸猫是种狡猾而擅长骗人的生物，能将叶子顶在头上变身，也能将叶子变为其他物品。

的人。

也就是说，这不过是一场名为"凶手评选会"的"新股东评选会"罢了。

话说回来，这三人本来也并非铁板一块。

首先，总裁与专务的关系是对立的。

其次，副总裁作为受雇的经营者，又希望能让公司从森川药业创始人家族中独立出来。

"独立"这个词说起来不太好听。换种说法，就是将弱小无能的创始人后代从公司中剔除出去。从这个意义上讲，副总裁又是总裁与专务的共同敌人。

如此庞大的公司，内部必然也会分为总裁派、专务派、副总裁派三个派系。

一个派系提出对己方有益的做法，自然会遭到其他两个派系的反对。

只有提出让三个派系都视为最优选的"凶手"，才能将其评选为新股东。

我想，荣治或许是想通过他古怪的遗书，在三个派系对立的现状上，将森川药业的股份托付给能阻止公司分裂、调和派系矛盾的人。

话虽如此，可如果真是这样，他也完全可以不提"杀人""凶手"之类的危险字眼，而选择更加低调的方式。就这点而言，此事依旧十分蹊跷。事实上，正因为遗书中提到了"杀人""凶手"等字眼，才引来众多媒体聚焦此事。无论是对董事还是员工而言，这都是个大麻烦。

尤其对总裁、副总裁以及专务三人而言，更是麻烦不断。现在他们无论是在公共场所还是私人场合，都会被媒体记者纠缠不休。这三人疲于奔命却一言不发的镜头在电视上每出现一次，森川药业的股价都会应声下跌。

不惜惹出这么大的麻烦也要让他们三人参加凶手评选会，正是考虑到如果由其他人选出新股东，此人在后续的派系斗争中将处于相当不利的地位。

"这份资料请各位过目。"我从包里又掏出一份资料，分发给三人。

看到资料后，他们顿时变了脸色。

"若我的委托人获得贵司的股份，将按如下方式行使表决权。首先是关于贵司预计后年发售的肌肉增强剂——肌肉达人 Z。"

几位董事顿时齐齐向前探出身子，目光纷纷落在我草拟的那份资料上。

我向眼前的三位高层简明扼要地描述了一个未来三到五年内的企业发展规划。该规划的内容极为中庸，不会对三方中任何一方原本的计划造成干扰。

举例来说，新药"肌肉达人 Z"是森川药业在近年来业务低迷后备受期待的新产品，该药物的研发计划由定之专务主导推进。

具体来说，该药物是森川药业与一家名为"基因组 Z"的生物技术创业公司合作研发的肌肉增强剂。它融入了最新的基因组编辑技术，只需进行静脉注射，就能对患者的基因信息进行编辑，使其肌肉更加容易生长。

然而可怕的是，这种药物会从根本上改变受注射者的基因。如果受注射者在用药后结婚生子，那么他/她经过改造的基因也会遗传给后代。由于该领域尚存在不可预知的风险，据传该药物投产、上市的时间依旧遥遥无期。

不过，大约去年秋天，森川药业宣布将把"肌肉达人Z"定位为"面向老年人的肌肉增强剂"进行发售。送审的理由是——新药基因编辑技术将只用于不太可能进行生殖行为的老年人，目的是改善老年人的肌肉衰弱等症状。这才使得新药通过了厚生劳动省的审批。

新药即将上市的消息一度使森川药业持续低迷的股价一路飙升，创下了历史新高。财经类报纸也用一整个版面对此事进行了专题报道。

这是专务派的巨大功劳，将来定之专务竞选公司总裁时，这势必会成为一块有利的垫脚石。但从金治的角度来看，就未必是什么好事了。不过，考虑到对抗平井副总裁的话语权，这件事又有利于提高森川家族的影响力。

从平井副总裁的角度而言，虽然他不希望森川家族的势力持续壮大，但考虑到公司业绩上涨的现状，他还是相当支持的。

为了能在各有打算的三人中以中庸之道取得平衡，我在提交上去的方案中提议——在平井副总裁的部门中成立一支新药销售团队。

对平井副总裁来说，有了这棵摇钱树，就能够对森川家族进行牵制。

对总裁而言，他也乐意暂时搁置与专务之间的竞争。

这样一来，专务派的功劳就相当于被巧取豪夺了一部分。不过，总的来说至少避免了最坏的结果——新药的发售计划因派系斗争而告吹。此外，专务派立下大功这一事实既不会被抹杀，又能卖给总裁派及副总裁派一个人情。

这就是我对平息森川家派系斗争提出的权宜之策。

"以上提到的内容都会在股东之间正式签署协议，我们将以承担合同义务的方式对此进行担保。"

话刚说完，只见平井副总裁"咻"地吹了一声口哨，随后说道："原来如此，原来如此。想得倒是蛮周全的。"继而又问，"这个计划是你构思出来的？"

我脸上的表情丝毫未变，平静地回道："不，这是委托人的意思。"

平井副总裁愉快地笑了："我倒是觉得你的委托人可以成为凶手。"

"慢着。"一旁的金治总裁淡淡地开口道，"这件事，我们打算与顾问律师进行临时商讨，你叫……"

"剑持。"

"剑持律师，要是方便的话，能请你在其他房间稍等片刻吗？"

真不愧是慎重派的金治总裁，立刻就想到和律师商量。如果此时我的答复出现破绽，他一定会毫不犹豫地否决我委托人的资格。

"没有问题，当然可以。"

说罢我站起身来，在黑衣人的催促下离开了会议室。

在此期间，定之专务始终在用毒蛇般湿答答、黏糊糊的目光盯着我，却一言未发。苦涩的忐忑感涌上我的心头。

3

我被带到另一层楼的会议室里，独自等了三十分钟。

虽说会议室里有人已经备好了茶水，但光是等在这里就几乎与遭到软禁无异 —— 正当我产生这样的想法时，会议室的门开了，把我带到这里的前台小姐走了进来。

她满怀歉意地向我鞠了一躬："能请您再稍等片刻吗？若是方便的话，这是敝公司自助餐厅的餐票，您可以在那里稍作休息。"

说着，她递过来一张钱币大小的纸片。

看来，尽管事情还未处理妥当，但我已经初步渡过今天的难关了。

于是我打算抱着轻松的心态去要点甜品，再喝上一杯咖啡。律师事务所里没有食堂或自助餐厅，因此偶尔有机会在委托人公司的员工食堂就餐，我总会感到莫名的开心。

我所隶属的律师事务所拥有四百多名律师，想必其中也有人与森川药业进行过合作，而我从未接到过这家公司的委托，今天也是第一次来这里，正好可以观察一下员工的状态。于是我答应了她，随即向自助餐厅走去。

总公司大厦的十二楼一整层都属于自助餐厅。外围一圈像是大型商业中心的美食街，开着各种各样的餐厅，琳琅满目。

中心区域的座椅以森川药业的品牌色 —— 浅绿色为基调，并加以其他流行色作为装饰。

我竖起耳朵，从那些正在享用迟到的午餐或是提前的晚餐，以及正在召开会议的员工中穿过。

他们谈论的大都是四月即将进行的部门调动、今年的奖金预测，或者发发对上司的牢骚，都是些没什么营养的话题。

在一片嘈杂中，我突然清晰地听到一个与周围其他所有谈话声都截然不同的声音。

"那我先走了，回头见。"

是荣治的声音。

不可能，荣治已经死了。

但那声音低沉而优美，与荣治本人一模一样，也难怪我会听错。

我急忙环顾四周，但没能找到声音的主人。

心脏剧烈跳动，甚至听到了"扑通扑通"的声响。

连我自己都感到惊诧 —— 为自己此时的惊诧而惊诧。

我与荣治多年未见，早已不怀想念之情，然而听到与他相似的声音后，我居然清晰地回忆起了与他初遇时发生的事情。

当时，荣治和我就读于同一所大学，是大我两年级的学长。

他必修科目的绩点连续两年都没达标，不得不来我这个履修生的班级上课。可与其说他在听课，倒不如说只是单纯地待在座位上。他似乎听不懂任何课程内容，老师讲课时他基本都在睡觉。

直到临近考试时，他向邻座的我哭诉，说这次绩点再不达标就又要留级了。我拿他没辙，只好把笔记借给他复印。以此为开头，我们后来成了情侣。

面对荣治猛烈的攻势，最开始我有点吃不消。或许是由于我的妆容举止，又或许是由于谈话措辞，一般的男生都会觉得我"可怕"，并对我敬而远之。只有极其偶尔的情况才会有那种看上去"喜欢被欺负"的男生小心翼翼地接近我。

然而像荣治这样极度乐观、自恋的男生，交流时从来不会低声下气，这让我感到非常新鲜。聊天时，他给人的感觉也是清爽宜人，一点都不招人厌烦。

"你说你喜欢我，可究竟喜欢我哪点？"我曾这样问荣治。

当时他平淡地答道："喜欢你温柔善良。"

这回答倒挺古怪，但我还是决定与荣治交往了。

因为他的回答不可思议地触动了我的心扉，让我感到喜悦。

"温柔善良"这种夸法真是再老套不过了，然而在过去二十年的人生里，我从来没被人用这样的词汇赞美过。

漂亮、美丽、聪明、有范儿、擅长运动……我得到的全是这类夸奖。所有人夸的都是我的个人能力或是一技之长，从未有人察觉到我内心的美德与善良。

所以，即使不是"温柔善良"，而是用"诚实""规矩""谦虚礼貌"——虽然不一定完全对应得上——这些词汇来夸我，我应该也会很高兴。

"荣治你才是温柔善良的人。"

听我说完，荣治摇了摇头："我不是。小丽你这样的人才是最最温柔善良的。"

想到说过这些话的荣治已经离这个世界而去，一时间我不禁有些茫然若失。

要问我喜欢荣治哪一点，首先是长相英俊，要说还有别的什么，大概就只剩声音好听了。说到底，他也只不过是与我交往后第三个月就跟陌生陪酒女郎出轨的渣男罢了。

就算是这样，别说厌恶或憎恨，我甚至怀疑自己是不是从内心深处迷恋上了他。

即使是这样的男人，死后也让人有一点伤心啊。

但我依旧没有落泪，可能是他与我的人生真的只有那么一丁点的交集吧，我没有为他悲伤的资格。

心不在焉地漫步在自助餐厅，我买了一杯咖啡，坐在旁边的座位上。如果是平时，我会再加个甜甜圈，但现在完全没这个心情。

我一只手端着咖啡，发了几分钟的呆。

口袋里的手机突然"嗡嗡"地振动起来，我的意识被拉回到现实。

是个陌生的号码。我怀着戒心接起电话。

"喂，是丽子妹妹吗？"对面响起一个年轻的女声，"我是优佳。"

优佳，优佳，我似乎记得这个名字，又不太想得起来是谁。

"你仔细想想，我是雅俊的未婚妻，咱们前几天刚见过面。"

"啊，是优佳小姐。"我回忆起她，连忙用言语搪塞。

差点就忘得干干净净，不过我还是记了起来。她是哥哥的未婚妻优佳，前几天刚在家里打过照面。

那个看上去像是一个精致的豆大福、长相平庸但性格很好的人。

"优佳小姐，你怎么知道我的手机号？"

我和优佳在前几天见过一面，彼此并没有交换联系方式。

"是我向雅俊要的。我说等公公过六十大寿的时候，还得打电话联络你……"

"离老爸的六十岁生日还有好几个月呢。"我打岔道。

"这不是重点啦。丽子妹妹，你有时间吗？我现在不知道该怎么办才好……"优佳嘴上一刻不停地继续说着，似乎并不在乎我是不是真的有时间，"我在担心雅俊是不是出轨了。"

优佳的话太过出人意料，我不小心扑哧一声笑了出来。

我那个平庸又不起眼的哥哥，怎么可能出轨呢？

"最近他看上去不太对劲，总是很晚回家，而且突然多了好几次出差。最近我还在他的口袋里发现了帝国酒店的收据。

问他怎么回事，他就用工作啊、加班啊之类的话来搪塞我，所以就想问问丽子妹妹你知不知道些什么。"优佳语气严肃地念叨着。

听了她的话，我顿时觉得刚才那个沉浸在伤感气氛中的自己简直像个傻瓜，于是重整心情，对优佳说道："不不不，优佳小姐。虽然这么说不太合适，但我哥哥根本连什么是出轨都不知道，你应该是杞人忧天了。"

劝解她时我全程都憋着笑。雅俊交了女朋友、要结婚之类的事就已经够离谱了，更别说什么出轨……

我一边和优佳打电话，一边冷静了下来。看了眼手表，时间已经是下午四点半。

我在自助餐厅已经待了半个小时。离总裁等人中途退出面谈已经过了一个小时。差不多该有人来叫我过去了，我可没有闲工夫陪哥哥的未婚妻操心这些莫名其妙的事。

就在这个时候，"你就是剑持丽子吧！"对面传来近乎高声大喊的呼唤。我被吓了一跳，下意识地挂断了电话。

只见一个年纪轻轻、一副寒酸相的女生气势汹汹地站在我的座位对面。

没错，一副寒酸相，这句话用在她身上特别贴切。

年纪应该比我稍小一点，看上去在二十五岁上下。

她一头长发像拉面一样卷曲，纤瘦的身体让淡粉色的连衣裙显得十分宽松，干硬的假睫毛与那张日本人面孔形成了鲜明的对比。我不禁回望着她。

还没等我开口，她就继续追问："你也是荣治哥的前女友，对吧？"

她说"你也是"，难道她也是荣治的前女友？

要是果真如此，不得不说荣治的口味倒是蛮杂的。

我原本不是那种会嫉妒男友前任的人，但如果其他前任对我拈酸吃醋，反过来我也会不太自在，变得和她们一样。

握在手中的手机再次"嗡嗡"地振了起来，估计还是优佳打来的，我干脆没再理会。

"呃……您是哪位？"我开口问道。

只见她倨傲地挺直身板说："我叫森川纱英，是荣治哥的表妹。"她像是在做什么了不起的宣言一样自报家门，"我有话要和你说。"

自称纱英的女生说话声很大，引得附近的员工纷纷投来视线。我感到不太自在，于是打算优先解决眼前的问题。

"纱英小姐你好，坐下说话如何？"我邀请她在我身旁的座位就座。

因为与其邀她坐在对面让她继续大声讲话，倒不如并排坐在一起，这样情况会好一些。

"劝我坐下？这可是我家的公司，不是你家。"

尽管嘴上发着牢骚，但我客气的态度使她不再那么咄咄逼人，继而老实地坐在了我的右侧。

既然姓森川，又是荣治的表妹，那就是森川金治的外甥女了。金治有一姐一弟，弟弟银治应该未婚。既然如此，这个名字叫"纱英"却一点也不"平凡"[1]的女生，应该就是金治姐姐的女儿，也就是刚刚见到过的定之专务的女儿了。

"刚刚金治舅舅联系我，我就和富治哥一起过来了，但是拓未哥不方便过来。"

面对外人还用这种熟人称呼，又是"舅舅"又是"哥"的，就这点而言，她身上透露着一股遮掩不住的幼稚气息。

富治是金治的长子，荣治的哥哥。八卦周刊上曾经介绍过，这位长子与森川药业的经营毫无瓜葛。

"金治舅舅可着急了，说要商量荣治哥的遗产处理问题。"

我侧目瞥了纱英一眼，她究竟知不知道自己在和谁说话？就在此时，我突然意识到，这个口无遮拦的女生，善加利用或许能起到意想不到的效果。当然，如果她对谁口风都这么松，也可能会如双刃剑，将对我不利的信息透露给别人。

"那纱英小姐你为什么会来这儿呢？"我装糊涂地问。

"我能有什么办法嘛！"纱英突然大声嚷嚷起来，附近又有几个人扭头望向这边。

我沉稳地微笑着，尽量维持着相安无事的和谐氛围。

"当金治舅舅提到'凶手'那个女代理人的名字时，我简直惊呆了——这不就是荣治哥的前女友之一吗？他还在遗书里写着要把轻井泽的土地和别墅送给你们。"纱英语速飞快地继续说着。

---

1 日语中"纱英"与"平凡"发音相同。

我在气势上被她压制了，只好点了点头。遗书里面确实有这样的内容，但我身为筱田的代理人整日忙于工作，一直没分出心神搭理这事儿。

"我还在想呢，能骗到荣治哥的都是些什么样的女人，于是就趁村山律师不注意，复印了一份他的前女友名单来看。"

我粗略地扫了一眼，上面有十几个女人的名字。

楠田优子、冈本惠里奈、原口朝阳、后藤蓝子、山崎智惠、森川雪乃、玉出雏子、堂上真佐美、石塚明美……

名单中有一个与荣治同姓"森川"的女人，我稍微留意了一下。看她名叫"雪乃"，应该不是我面前的人。

"你看这里。剑持丽子，是你对吧？"纱英指着名单上的一个名字问道。

确实是我的名字。

这件事令我倍感惊讶。

仅仅交往了三个月的男人，我都不好意思将他公然称作前男友。如果要计算前男友的数量，恐怕我都不会把荣治算进去。

但不管相处多久，荣治都会将对方看作"前女友"吧？这的确很像他这种大大咧咧的男生会干出来的事。一时间我只觉得既好气又好笑。

"我有几句话想和你说，所以才翘了家庭会议，跑到自助餐厅这儿来。"

纱英的前女友名单上只记载着姓名，但她居然能在如此宽敞的自助餐厅里认出我，恐怕是事先调查过我的长相。如今这个时代，任何人都能通过社交软件对别人进行某种程度上的人肉搜索。既然她性格如此冲动，自然也干得出来这种事。

"本来我对钱也没什么兴趣，而且家庭会议总是特别麻烦。"纱英望着我，表情突然失落下来，"但我无法原谅像你这样的人。"

说这句话时，她的眼中似乎有什么在反光。尽管长相依旧寒酸，但我从她那双小巧而漆黑的眼珠里感受到一种不肯让步的倔强。

"如果你真是荣治哥的前女友，荣治哥死了，你应该感到伤心吧？可你非但如此，还去做别人的律师、代理人什么的，通过这种手段捞钱。"

我注意到纱英的眼眶里突然噙满了热泪，但她似乎坚决不想在自己讨厌的女人面前哭泣，因此拼命忍耐着。

从道义的角度上讲，我能理解纱英的话；但从个人角度而言，我完全无法认可。

荣治死了，我确实为此感到伤心，但这与工作、赚钱等行为毫无关联。荣治的死令我难过，但并不代表我不该去做与他的死相关的任何工作。

"可是，这也是我的工作。"我回了一句场面话。

在刑事案件中担任被告方的代理律师时，偶尔也会遇到这种情况。

受害者及其家人将我当作恶魔的爪牙，对我破口大骂——"亏你好意思替这种坏东西说话！"

"死掉的可是和你关系亲近的人啊。精神正常的话，就算是工作也应该有所抵触吧？"

"唉……你说得对。"

听了纱英的话，我觉得自己的精神可能确实不太正常。

可能我确实和普通人不太一样，所以才能从事他们不愿做或做不了的工作。面对纱英的质问，我不会改变原有的想法，当然也不会拿"我就是这样的人，没办法"之类的话当借口。

我并不讨厌纱英这种感情用事的人，相反还有点羡慕她。

"之后要在轻井泽进行地产交接，你不会真的要去吧？"

"地产交接？"我有些摸不着头脑，于是反问了一句。

"天哪，你可真是一无所知。"

虽然嘴上这么说着，但知道我对此并不知情，纱英似乎感到非常开心。她接着说："下周六要在轻井泽进行地产交接，村山律师不是已经在网页上通知过了吗？"

纱英突然抛出一个现实的话题，我的头脑也立即切换成了冷静的思考模式。

的确，"民生律师事务所"的网站上已经注明各批获赠人的遗产交接日期。召集荣治前女友的日期也不例外。

只要参加这次集会，应该就能与其他人共同获得荣治位于轻井泽的不动产。

我按照地号查过那片土地的资产价值，土地与上面的建筑总共大约值一亿元。假设参加集会的前女友有十人，每人能够获得的财产就是一千万。刨去税金和手续费，以及交接的时间及精力成本等，实际收益顶多在五百万上下。

这笔钱固然可以当作短时间内的临时收入，但担任筱田的代理人去争取荣治的遗产，赚钱的效率可要远高于此。为了不影响筱田这边的工作，我原本觉得不去参加集会也无所谓。

"我还没有做好决定……"说着我抬起头来，正好与盯着我的纱英视线相接。

纱英那双细长的眼睛，让我不经意间想起了定之专务毒蛇般的目光。

平井副总裁似乎也有意选我的委托人为凶手。至于金治总裁，别看他搞得大张旗鼓的，我再努力一把，估计他最终也会妥协。

这样一来，还是定之专务更让人担心。而他这个看上去不太机灵的女儿纱英，如今恰巧就在我的面前。要是在她身上寻找突破口，或许就可以抓住专务的把柄。

于是我谨慎地问道："纱英小姐，你和我们这些前女友不同，是荣治的家人，对吧？"

纱英小巧的鼻头轻轻抽动了一下。

显而易见，纱英对荣治怀着超越亲情的特殊感情。但正因为是家人，才无法缩短与荣治之间的距离。我能想象到正因如此，她才会对我这样的前女友心怀不满。

"纱英小姐你会以森川家族一员的身份，出席轻井泽的地产交接会，进行见证吧？"

纱英似乎并没有想过这件事，脸上瞬间浮现出惊愕的表情，但紧接着表示："那当然了。我得去跟那些骗过荣治哥的女人……不，是与荣治哥多少有些露水情缘的女人们说声谢谢才行。"

我轻轻地点了点头。

"那我也过去吧。纱英小姐你这样优秀的女性一旦出现，肯定会遭到荣治前女友们的嫉妒，她们说不定还会对你百般刁难，我实在放不下心来。"我厚着脸皮说道。

"这个……或许你说得没错。"

"我最擅长和别人吵架了，要是有人敢刁难纱英小姐你，我就帮忙骂回去。"

"好吧……那就看你的了。"纱英似乎被我的气势盖过去了，轻轻地点了点头。

第三章

竞争性馈赠的预兆

1

那天我等了很久，最终平井副总裁与金治总裁给出的答复是，我的委托人"很有可能是凶手"，但定之专务提出异议，最终决定"暂不表决"。

我不禁在心里犯起了嘀咕——既然是这么个结果，当时干吗要留我那么久？不过但凡高位者，似乎都喜欢随随便便地剥夺低位者的时间。

但不管怎么说，这件事的结果与我预想的大致相同，总算让人暂时放下心来。

首先，三人中两人投"肯定"票，就算是通过了平井副总裁口中的"初选"。

接下来，十天后的二月二十七日，星期六，我来到了轻井泽。

太阳高挂在晴朗的蓝天上，但是空气干燥，感觉凉飕飕的。

我在电车站前打了辆出租车。报上地址后，司机师傅用一副相当熟悉的口吻说："哦，是森川家的别墅吧？"

随后表示："我去过好多次了，那里的别墅可真不错。东侧正门镶着彩色玻璃，早上太阳一照，那叫一个漂亮。我家姑娘今年十二岁，我开车带她从公寓附近经过，她还说'我也想住那样的城堡'呢。"

伴着司机师傅的自言自语，车子沿着坑坑洼洼的山道一颠一颠地开了十五分钟左右。越过山坡后，一个充满田园风情的盆地出现在眼前。

一块块田地相当宽广。现在还是冬天，一眼望去只是一片棕色，没什么生气，但我已经能够想象到了夏天，大片美丽的翠绿色绒毯在眼前起伏的美景。

"快到了。"说完这句话，司机师傅继续开了十五分钟，随后我们抵达了荣治留下的别墅。

铁质大门后是石板铺成的道路，道路四周则是宽敞的庭院。管理这里的草坪和树木，恐怕相当不易。

砖石结构的二层建筑看上去已经有些年头了，确实像城堡一样，估计是昭和[1]中期落成的。整个建筑占地二百平方米出头。

门口处，高高的门廊上方镶嵌着一大片彩色玻璃，似乎还拼成了花朵的形状。但我对各种花卉的名字一向不熟，所以完

1　日本年号，使用时间为 1926 年 12 月 25 日—1989 年 1 月 7 日。

全辨认不出到底是什么花。

这一带似乎是高级别墅的地界，当然不都是别墅，也有不少富豪的养老房和度假所。

不过，每户住宅都配有大庭院，每户人家用树木等植物粗略隔开。当一个人拥有了如此宽敞的土地，就算邻居稍有越界，也很难会闹出什么纷争吧。

"汪汪汪，汪汪汪！"

下车推开院门时，突然传来一阵激烈的狗吠声。

我定睛一看，院子另一端有一个木质狗屋，面积足有大学生租住的房间那么大。狗屋门口拴着一只大型犬，虽然认不出是什么种类，但它身上棕色的皮毛扎实油亮，站姿气宇轩昂，估计是高贵品种。

那只狗一个劲儿地叫。我当然知道它在冲着我叫，但我本就总是被动物讨厌，因此满不在乎地穿过了庭院。狗紧扯着拴绳，一副迫切想要干掉我的模样，只可惜绳子系得非常死。我从容不迫，气定神闲地来到了门口。

按响门铃后，纱英出来迎接我。

从门口向里望，门厅的地面似乎由深棕色木地板铺成。打磨得光溜溜的地板上，铺着一层古典风格的深红色地毯。

"丽子，巴卡斯刚才是在凶你吧？"纱英咪咪地笑着。

连会不会被狗凶，她都要争个高低吗……我一边在心里嘀咕一边开始脱鞋，就在这时——

"巴卡斯，咱们散步去！"

一个四五岁的男孩一边喊着，一边从屋里冲了出来。

我正单脚站在地上伸手脱鞋，好巧不巧地被小男孩的身子撞到肩膀，不由得身子一仰，一声不吭地摔在地上。纱英见此情景反倒"呀"地叫了一声。

紧接着，一个四十岁出头、衣着整洁的男士从屋里小跑出来。

"真对不起！"

他身着整洁的粗花呢西装，像即将出门打猎的贵族一样潇洒。

"喂，小亮，快向人家道歉。"男子用严厉的语气训斥着男孩。

那个叫小亮的男孩远远望着我，小声说了句："对不起。"然后怯生生地向后退去。

我天生就容易招小孩讨厌或害怕。哪怕平时不怎么啼哭的婴儿，一被我抱起来，顿时便会哭得昏天黑地。所以光是被我吓得后退的小男孩，还不至于让我感到被冒犯。

不过纱英看到这一幕，却显得非常愉快。

"这个阿姨可是律师哦，她很可怕的！会把你告上法庭哦。"纱英一惊一乍地吓唬着小亮。

我立即表示抗议："什么阿姨不阿姨的！"

小亮却把纱英的话当了真，他脸上的表情，仿佛下一秒就要哇哇大哭。"请……请……请你不要告我！"

正因为这样，我才不喜欢小孩子。

但是看着小亮哭哭啼啼的面孔，我又隐约觉得他与荣治有些相似。记得有次我们去看一部无聊的 B 级片，明明不怎么恐怖，他却被吓得哇哇大哭，令我十分诧异。

"真是多有冒犯，这位小姐。"穿着粗花呢西装的男人捡起我掉在门口的包，掸去提手和两侧的灰尘，随后将包递回到我手中。

"堂上医师，您别放在心上。"纱英插嘴，"丽子，这两位是照顾巴卡斯的兽医堂上医师和他儿子小亮。他们就住在隔壁，每天都会来照顾巴卡斯，带它散步。他们与荣治相处的时间比你还要长呢。"纱英好像不挤对我就会觉得不舒服似的。

堂上那张和蔼的圆脸一下子乐开了花，一边说着"哪里，哪里"，一边向纱英低头示意，然后走出房门。

巴卡斯的叫声消失了，看来的确被小亮牵走，去散步了。

"堂上医师相貌英俊、性格又好，他平时打扮时髦，心地也很善良。"纱英的面颊微微一红。虽然没有像提到荣治时那么热情，但她似乎也蛮喜欢堂上这个人的，"可是医师的夫人真佐美女士却非常招人讨厌，过去还欺负过我。"

听纱英的语气，似乎是在寻求我的认同。

"不过真佐美女士身患重病，四年前就去世了，所以我也不好公开说她的坏话，真是憋屈。"纱英闹别扭般地噘起嘴。

在纱英的原则里，死者的坏话是不能说的。我不禁觉得她虽然幼稚，却又很耿直，对她的印象有了一定的改观。

从门口径直向前走去，一间足有二十叠[1]那么宽敞的客厅出现在眼前。

客厅里有一个高高的楼梯井，靠内侧的位置有个暖炉。客厅中间摆放着大号四角茶几一样的咖啡桌，旁边围着三张真皮沙发。客厅里的薄地毯下面似乎还铺着一层电热毯，踩在上面，感到脚底热乎乎的。

与客厅相连的一处四方形空间里摆放着一套餐桌椅。

只见距离暖炉最近、就房间布置而言算是"下座"的座位上，正坐着一位身穿黑色西服套装、腰板挺得笔直的女士。

"这位是原口朝阳小姐。"纱英手心朝上，向我介绍那位身着西服的女人，接着对她说，"这位是剑持丽子小姐。若想吵架的话，还请两位随意。"

留下这句话后，纱英便离开了。

我坐在暖炉附近的沙发上，向朝阳瞥了一眼，发现她也正看向我这边，有那么一瞬间我俩对上了视线。

她一头黑色短发，圆圆的脸庞上面是圆圆的眼睛和鼻子，显得格外可爱。

虽然个子不算高，但由于姿态优雅，她身上散发出一股独特的气质。隔着黑色的西装能看出她的双肩与大腿都非常结实，不禁让人觉得她可能进行过某项运动的训练。

1　日本房间的计量单位，一叠约等于 1.62 平方米。

都说人如其名，她确实给人一种朝阳般的气息，是一位精力充沛、活泼健康的女性。

"你好，我叫原口朝阳，之前是荣治的专属护士。"朝阳用略显沙哑的声音说道。

原来并非荣治的前女友 —— 我正这样想着。

"也是荣治的最后一任女友。"她报出了自己的身份。

后来纱英告诉我，朝阳原本是信州综合医院的一名派遣护士，但在与荣治相处的过程中两人暗生情愫。花心的荣治对贴身照料自己的护士出手，倒也不是什么怪事。

我也向她自报了家门。接下来我们没什么可谈的，各自都陷入沉默。前女友们为了自己争吵，这种桥段不过是男人的幻想。尽管我和朝阳彼此交换了试探性的目光，但毕竟都不是小孩子，除此之外也不会出现更多插曲。如果换成纱英那种性格急躁的女生，可能就另当别论了。

正当我在暖炉旁烤着手心时，餐厅的另一端 —— 似乎还连着厨房 —— 走出一位个子不高，长相也令人不敢恭维的男子。

他的年纪在三十五岁上下，脸上满是痘印，面色憔悴而苍白，看上去身体状况不太好。从五官来看，他似乎与金治有些相像。

他给人的感觉像是只病恹恹的斗牛犬，心情好的时候会想悉心照顾，心情烦躁的时候就只会想用来撒气。他看上去无比脆弱，却又隐隐透着一股傲气。

我保持着坐姿低头行礼，随即报上姓名，对方回道："我叫森川富治，是荣治的哥哥。"

他的声音富有磁性，听上去与相貌完全不搭，而且与荣治的声音几乎一模一样。

"如果我没猜错的话，上周三你来过森川药业的自助餐厅，对吧？"我不禁问了一句。

富治回道："是的，我和表妹纱英一起去了公司。因为父亲有事要谈，所以我在自助餐厅没待多久就去了楼上。"

这声音越听越像荣治。

那天我在自助餐厅里听到的，恐怕就是富治的声音。

隔着暖炉，富治坐在我对面的沙发上。

"真梨子姑妈与村山律师正在其他房间里商量事情，等雪乃一到，人就齐了。"

雪乃？

好像在哪儿听过这个名字，我在头脑中回忆着，然后突然想了起来。

那个记录在前女友名单上的名字——森川雪乃。

荣治前女友的数量太多，名单上的那些姓名我没一一记住，但因为她与荣治都姓"森川"，我才独独记住了她。

她是森川家的人？又或者是嫁入森川家再离婚，才留下了这个姓氏？[1]

一瞬间，脑海中闪过各种可能，但我很快又意识到这样猜

---

1 在现代日本的习俗中，女性嫁人时通常会改为夫姓。

测也没什么意义，便不再多想。

看了眼手表，时间正好是下午一点，规定好的集合时间。随后，我们在沉默中等待了五分钟、十分钟，但那位叫雪乃的姑娘依然没有出现。

就在这时，纱英快步走进客厅，甩出一句："真是的，雪乃还没到吗？"

"雪乃总是习惯迟到一会儿。"富治像是在替她寻找借口。

纱英单手叉腰走到客厅的窗边，拨开老旧的花边窗帘向外望去："我看她是不懂常识。"

朝阳和我都安分地坐在沙发上。纱英口中时不时蹦出"那个女人""真是难以置信"之类的字眼，随即又不知道去了哪里。

"凶手评选会的事，我从父亲口中听说了。"富治似乎不知道怎么打发时间，开口对我说了一句，"他一脸兴奋，说你居然能想出那样的计划。虽然他时常会精神振奋，但在经营方面一向慎重冷静，所以连我都被吓了一跳。"

"深感荣幸。"我拿出工作时的语气予以回应，"不过，如此古怪的遗书公布后，富治先生你想必也没少被媒体骚扰，感到很不自在吧？"我适当转换话题，试图打探富治的近况。

"这个嘛，父亲和姑父的私生活遭到了严重骚扰，我倒是没受太大影响。森川药业的股份我一股未持，企业经营也从不插手，估计他们觉得我没有骚扰的价值。"富治像是自嘲一般，若无其事地哈哈一笑，"话虽如此，由于要给荣治做遗产赠予的见证人，现在的我在每周末倒也蛮受欢迎。"

这么说来，我在查看有价证券报告书时，确实只看到了荣治持有的资产，压根儿没看到任何与他哥哥富治有关的记载。

我想了解个中缘由，于是立刻不失时机地问道："富治先生是做什么工作的呢？"

"我是做学问的，在大学教授文化人类学，主要研究美洲大陆的原住民。"

我原本前倾着身体听他说话，没想到话题突然转到了意想不到的领域，我不禁打了个趔趄。"文化人类学要做的是对民族与风俗进行考察、比较吗？"

"是这样的。"看我对此表现出兴趣，富治似乎也很高兴，脸上露出了微笑。

这种既晦涩又与赚钱无关的领域，我一向不太了解，但为了与富治拉近关系，我拼命在记忆中搜寻。

"这个，我想想……我读过本尼迪克特[1]的《菊与刀》。"

我记得这是一本由美国研究者所著，从独特视角记录日本人奇特风俗习惯与行为特征的书，读起来非常有趣。

"本尼迪克特吗？尽管如今有许多人批判她的研究手法，但其研究内容确实具有里程碑式的意义。"富治双手抱胸，颇为感慨地说道。

我不禁浮想联翩——他的声音如此悦耳，对他的学生而言

1　美国当代著名文化人类学家、民族学家、诗人，著有《菊与刀》《种族：科学与政治》《祖尼印第安人的神话学》等。

肯定是一种享受吧。

"我推荐马塞尔·莫斯[1]所著的《礼物》。可以说这本书改变了我的人生，正因为读了这本书，我才有志于学术。"富治像个孩子似的望着我，眼睛里闪烁着光芒。

看样子他迫不及待地想要深入这个话题。

我不知道为什么男人们总是喜欢对自己的光辉事迹侃侃而谈。不仅如此，他们还不愿意主动开口，一定要等别人来请教，才肯以一副勉为其难的态度开口，真是够麻烦的。

不过没办法，毕竟想要了解富治，也没有比现在更好的机会了……

"哦？投身学术的契机吗？具体是怎么一回事呢？"我身子前倾，一脸兴趣盎然地问。

富治正了正坐姿，问我："你知道'Potlatch'吗？"

我有些不明所以。富治继续讲了下去："这个单词翻译过来，就是'竞争性馈赠'[2]的意思。简单来说，假设有两个相邻的部落，彼此互赠礼物。规则非常简单，赠送给对方的礼物，要比自己之前收到的礼物价值更高。像这样轮番赠送下去，礼物的价值会越来越高，当哪一方送不下去时，就是失败了。"

"唉，为什么要这样做呢？"

"非常简单，是为了击垮对方。收到礼物后必须回赠，这

---

1 法国人类学家、社会学家、民族学家，著有《原始分类》《巫术的一般理论》《礼物》等。

2 Potlatch，中文又译为"夸富宴""冬季赠礼节"等。

是彼此之间的规则。如果收到一份厚礼，却没办法回报，相当于违背了规则。有些部落甚至会因此而发动战争，杀死违背规则的部落族长。"

"咦，怎么会有如此奇怪的风俗？"

这倒是我发自内心的感叹。

我确实想不通——他们为什么要做这种如此没有意义的事？

"不过奇妙的是，这种风俗广泛存在于世界各地，例如美洲西北部与北部、美拉尼西亚、巴布亚新几内亚、非洲、波利尼西亚、马来半岛等地。虽然激烈程度各不相同，但你是否觉得，既然这是世界范围内自古以来的风俗，就说明它的确与人类的本性存在某种关联？"

"哈哈，确实。既然地域分布如此零散，那么与其说它是通过传承并推广开来的，不如说更有可能是世界各地自然产生的习俗。"我一边说着，一边却有些担心。尽管我对这个话题很感兴趣，但要是一直讲下去，等聊到富治立志成为研究者这个话题时，太阳恐怕都落山了。

富治似乎对我的反应非常满意，重重点了点头，继而说道："文化人类学领域观测到的'竞争性馈赠'通常发生在部落或集团之间。但我注意到，竞争性馈赠现象也发生在人与人之间。"

就在这时，纱英从我们旁边经过，有那么一瞬间她似乎想加入我们的对话，但发现我们谈论的内容过于冷僻，便不露声色地迅速离开。

"举例来说，职场上男士在情人节会收到女士赠送的巧克力，对吧？这样他就会想 —— 到了白色情人节我必须回赠价值更高的点心。[1]届时，如果成功回赠还好，不小心忘记了的话，后果会十分严重。"

这个例子倒是简单易懂。

至少比部落之间送着送着礼物，突然杀死对方族长的话题更能让人产生共情。

"当然不会有人冲到面前逼问'为什么不给我回礼'这样的话，但没有回礼的一方自然会在有意无意中感觉亏欠了对方。万一收了对方的礼物却忘了回礼，我会迫切地觉得在对方工作失误的时候一定要去帮忙，或者以其他形式回报才行。也就是说，在职场上，女性能够通过赠送巧克力的方式对我加以'控制'。"

"对重情理的人来说或许是这样的。"我打岔道，"不过对我来说，别人送我东西，我只会觉得运气好，就算不给回礼，也不会有什么心理负担。"

事实上，的确有许多男人送过我礼物，但我从未回过礼。

"丽子律师一定非常自信，知道自己配得上他们送你的礼物。"

富治的语气过于一本正经，我不由得扑哧一声笑了出来：

---

1 在日本，情人节（2月14日）时通常由女性赠送男性巧克力，而男性则在白色情人节（3月14日）时回赠。

"你就别揶揄我了。"

富治也难为情地笑了，但表情立刻又认真起来。

"不过也与赠礼本身是什么有关。巧克力可能无所谓，但如果被别人救过一命，依然有可能会为不知如何报答对方而困扰。至少我是这样的。"

"你是这样的？"富治突然将话题转到其他领域，似乎另有内情，我赶忙凑过去，仔细听他说话。

"你也能看出来，我的脸色不太好。因为生来就身患重疾，身体无法自主产生白细胞，所以从小体弱多病，不仅每周要去医院输血，而且每晚都要打针。注射剂有各种副作用，每次打完针我都会恶心、难受。连我母亲也为此得了心病，直到现在都会晕针。"

原来如此，如果富治身患无法产生白细胞的重病，光是脸色不太好，已经算得上健康了。

"如果要根治，就得做骨髓移植。但想找到 HLA[1] 匹配的骨髓捐献者极为困难。于是我父母想到 —— 既然没有捐献者，就创造一个出来。"

"创造一个？"

"也就是所谓的'兄姐救星'[2]。在医学领域，现有的技术能够在着床之前对受精卵进行诊断，于是也就能在数个体外受精

1　人类白细胞抗原。
2　saviour sibling，是指生来就带有某些特殊基因的孩子，这些基因通常是经过筛选的，用于治疗罹患绝症的哥哥或姐姐。

卵中选出一个 HLA 相匹配、适合进行骨髓移植的体外受精卵，使其重新回归母体，并被产下。如今，这种技术在英美已经相当普及，但在当时还属于最尖端的医疗技术。"

听完这番话，我似乎猜到了故事的结局。

而且一定是令人不堪回首的结局。

"于是父母去了美国，尝试了这项新技术。接下来出生的孩子就是我的弟弟荣治。荣治一出生，医生就抽取了他的血液，将培养出的细胞移植入我的骨髓。当时我只有七岁。"

讲到这里，富治突然沉默了。

富治注视着远方，或许是在回忆往事。

"我的人生因此发生了翻天覆地的变化。身体不再沉重，简直像是长出了翅膀。虽然每天依旧要吃预防感染的药，但已经可以正常生活了。"

"那真是再好不过了。"

故事没有向糟糕的方向发展，这让我的心情放松了些。如果他告诉我自己余下的寿命已经不多，我真的不知道该怎么回话。

"不过，那时，真正的痛苦才刚刚开始。对我来说，荣治一生下来就成了救世主。我竭尽所能地善待荣治，无微不至地照顾他。他是我的救命恩人，我一定要报答他——这种想法让我时刻感到不安。认识荣治的人都觉得他从小娇生惯养，因为事实的确如此。"

我扑哧一声笑了。

　　的确，荣治好像总是在等别人照顾自己。他或许也是打心底里觉得，自己属于那种值得被照顾的人。

　　"无论我怎样善待荣治，都无法让自己释怀，始终觉得对他有所亏欠。当时我还不知道自己烦恼的根源。直到我上了大学，了解到竞争性馈赠这个概念后，我心中的谜团才解开。荣治赋予了我价值过高的礼物，而我却无法送出同等价值的回礼，因此我被他击垮了。"

　　"因为这个发现，你才对文化人类学产生了兴趣吗？"我有些等不及了，于是抢先问道。

　　"嗯，是的，就是这样。"

　　被我抢走了最关键的一句话，富治似乎有些不满。

　　我略感愧疚，因此打算听他多讲几句。

　　"你对荣治这种亏欠的感情，最终释怀了吗？"谈着谈着，我的语气变得越发随便，但富治似乎并不介意。

　　"我把财产、继承权之类的东西通通送给了荣治，就数额而言还是相当多的。完成这件事后，心情总算是畅快了。"

　　"原来如此，所以你才没有森川药业的任何股份啊。"搞清这件事后，我发自内心地感慨。

　　"不过，事到如今我也有些后悔。自从得到了我的那份财产，荣治的身体就一天不如一天。他似乎始终担心自己没有资格担任森川家族下一任家主。他有一个名叫拓未的表兄，那家伙精明强干、野心勃勃，许多人都觉得拓未更适合成为森川药业的下一任领导者。就这样，荣治患上了抑郁症……"

"这不是你的错。"我斩钉截铁地说，"抑郁症是疾病，不是人为原因导致的。"

出于工作原因，我见过许多抑郁症患者。虽然客户大多来源于大公司，但早前在一家专门解决劳动纠纷的小型律师事务所实习时，发现前去咨询的客户中有三分之一的人都患有抑郁症。目睹了他们的状况后，我感慨颇深——与其说是某个特定的人害他们得了抑郁症，倒不如说是蚕食社会的病症最终侵蚀到了个人身上。

"谢谢你这么说。"富治强忍着眼里的泪花。

"哪里，是我多嘴了。"我像哄小狗那样以手托腮，微笑地凝视着富治，"话说回来，那位名叫雪乃的女士还没来吗？"

我一边说着，一边回头望向客厅入口处，然而不知从何时起，那里已经静静站着一位身穿和服的女士，把我吓了一跳。由于她从头到脚都是白色，一瞬间我以为自己看到了幽灵。而且，刚才丝毫没有听到开锁或开门的动静。

富治咧嘴一笑："雪乃，你来啦。"他说着轻轻行了一礼。

"让大家久等了。"被称作雪乃的女士泰然自若地回道。

时间是十三点二十分，她确实让我们等了很久。然而她似乎丝毫不觉愧疚，带着一副事不关己的派头坐到了富治旁边的位子上。

雪乃看上去在三十岁上下，给人一种说不清道不明的感觉，仿佛她附近的时间停止了流动。漆黑的头发束在一起，落在洁白的肌肤上，形成了鲜明的对比。身上那件似为她量身打造的会客和服呈深灰色，在漆黑的头发与白皙的肌肤之间形成了一片过渡地带，将二者完美地结合在一起。

简直像是从水墨画中款款走出的美女。

与我这种西式风格的美女不同，她的美丽是那样娇贵，仿佛没人发掘就会被埋没，没人守护就会遭到践踏。

"终于来了啊。"纱英响亮的声音从其他房间远远传来。

雪乃丝毫没有理会，而是搓着白皙的双手冲富治嫣然一笑，说了句"真冷啊"。有这样一位大美女肯开玉口同他讲话，富治不由得抿嘴一笑，显得有些不好意思。

2

"人来了怎么一声都不吭，真是讨厌。"纱英一副气鼓鼓的模样，可惜一点也不可爱。

"因为这里的房门总是不上锁嘛。"雪乃回道。

我惊诧于这种年头居然还有像在乡下一样不锁门的人家，但是转念一想，这种别墅孤零零地矗立在山里，确实想不出有谁会来这里偷窃。

"我猜纱英肯定很忙，也就不好意思按门铃叫你了。"

雪乃绵里藏针般的态度令纱英对她无从责怪。

就在这时，一阵下楼的脚步声传来，又有两个人走进客厅。

其中一位是身着艳丽的粉色香奈儿套装、身材苗条的女士。尽管看上去已经年过六十，但从服装与妆容来看，她似乎想在别人眼中保持五十多岁的容颜。

"她是我妈妈。"纱英向我介绍。

"我是森川真梨子，金治的姐姐，荣治的姑妈。"

真梨子没有行礼，直接坐在沙发上。

确实像纱英的母亲。

另一个男人身着满是褶皱的衬衫，头发花白。

"我是森川荣治的顾问律师村山。"

自称村山的律师中等身材，没什么明显的体格特征。身上宽松的开襟外套和衬衫让他显得有些邋遢，看上去确实有一种小镇律师的感觉。如果是为公司服务的律师，起码会穿整洁一些的西装，外加一件合身的衬衫。

我在日本律师协会的网站上预先调查过村山律师的注册信息。从注册年份推测，他应该是五十多岁，但本人看上去要比这个岁数更大。或许是他模样显老，也或许是他在社会上工作了一定年份后才获得律师资格。虽然不清楚具体原因，但我认为这个问题其实意义不大。

"大伙儿都到齐了吧。我看看，今天来的应该是荣治的前女友们。本以为会来得更多，但有些人实在联络不上。"村山保持着站姿，缓缓开口说道。

真梨子颇显不悦地皱着眉头，插了句嘴："这孩子，简直像他叔叔银治一样花心。银治也是，连保姆的肚子都能搞大，结果把家里闹得鸡飞狗跳的。"

据说最后那个保姆和银治一起被赶出了森川家。银治对此心怀不满，从此便和亲戚们疏远了。

"就是因为太像银治，我才怕他会害得人家姑娘小小年纪就大了肚子呢。"真梨子自顾自地说，似乎对纱英的心意毫不知晓。

村山表示："这说明荣治是个好男孩嘛。"他将话题转移开来，"有过这么多女朋友，到了关键时刻却又联系不上，现在的人可真是薄情寡义啊。"

他的语气始终显得十分悠闲，仿佛不想快速结束这场讲话。

"我看一下，那就先点个名吧。"

村山向客厅里的各个面孔环视一周。

"首先是原口朝阳小姐。"

朝阳轻轻举了下手。

"接下来是剑持丽子小姐。"

村山律师点到我的名字，我也学着朝阳轻轻举手。

村山满意地点点头。

"那么下一位，雪乃女士。"

雪乃听到自己的名字后没有举手，只是微微一笑。

"有资格获得这栋别墅及这片土地的人，就是你们三位了。森川家的见证人是荣治的姑妈真梨子女士、表妹纱英小姐，以及兄长富治先生，恰好符合要求。"

村山挠了挠头，一边嘀咕着"对了"，一边掌心朝上暗示雪乃的方向。

"雪乃女士，您是拓未先生的夫人，也就是荣治表兄的夫人。"

纱英"哼"了一声。

"也就是说，雪乃女士虽然是森川家族的一员，但也是荣治的前女友，今天仍属于获得财产的一方。"村山的语气依旧缓慢而悠然，"因此在本次馈赠行为中，雪乃女士将不被算作森川家族的一员。不管怎么说，获得财产的条件是满足的，此处应该没有异议。"

说到这里，村山律师暂停讲话，开始分发手续性的文件。

头脑中，森川家族的家庭关系图逐渐明晰。

首先，荣治家里有父亲金治、母亲惠子与兄长富治。

随后是金治姐姐一家，家庭成员有荣治的姑妈真梨子、姑父定之专务、表兄拓未和表妹纱英。

纱英虽然只是荣治的表妹，但似乎对荣治怀有特殊的情愫。

接下来数，雪乃过去是荣治的女友，但最终与拓未成婚。对纱英来说，雪乃不仅占有过荣治，还抢走了自己的哥哥，算是仇上加仇。这样就能够理解为何纱英对雪乃总是话里带刺了。

当着婆婆与小姑子的面，还能光明正大地以"荣治前女友"的身份自居，雪乃看似柔弱的外表下，可以说是藏着一颗相当强大的内心。我不禁想象了一下如果换成是自己会怎么做。如果我是雪乃，恐怕也不会放弃到手的财产，因此对她的态度并无异议。只不过看到别人采取与自己相同的态度，我略显吃惊。

完成各项手续后，我们在村山的带领下在别墅里转了一圈。其实这也是手续的一环，叫"边界检查"，目的是认清这栋宅邸与邻居的边界。

就整栋别墅而言，尽管入口处较为狭窄，但内部深邃宽敞，有着京町家[1]一样的构造。我们从正门开始顺时针绕了一圈，寻找边界的界牌。

然而，这片土地的外围杂草、灌木丛生，我们找了半天都没找到。这时，村山从塑料袋里掏出几双白色棉线手套递给我们。

"各位，我们清理一下这里的杂草吧。"

穿着西服套装的朝阳一言不发地接过手套，默默地点了点头。

她丝毫没有抱怨，只是拨开草丛，低头拔草。

值得敬佩的是，纱英也默默走进了草丛。

我穿的是连衣裙与名牌短靴，并非适合拔草的装束。

但村山理所当然般地向我递来手套，我只好把这当成工作，按捺住心中的不满，戴上了手套。记得我上一次拔草，还是小学值日的时候呢。

雪乃没有接过手套，只是一动不动地站在原地。对此，富治有些看不下去："雪乃的和服会弄脏的，我替她拔好了。"

---

1 京都现存最古老且最具代表性的一种住宅建筑形式，已经有超过一千二百年的历史。传统的京町家集商用和住宅于一体，面朝大街的一面经营店铺，靠内里的一面作为居住空间，特征是"格子门"和"坪庭"，集中于上京、中京、下京和东山区一带。

说着，他主动从村山手中接过手套。

我本想说我穿的短靴可比她的羊绒和服要贵多了，但这样只会让自己丢人现眼，便忍住了。

我们在可能设有界牌的地方拔掉杂草，一点点寻找。

这时，雪乃站在离我们稍远的地方喊道："找得到吗？"

我们回应，要是找到了会告诉她的。

"说得也是。"

她倒是站着说话不腰疼。

纱英劲头猛烈地拔着地上的杂草，然后冒出一句："雪乃看上去一副弱不禁风的样子，实际上可有自己的主意了。"

朝阳对纱英的说法不置可否，只是带着一副无所谓的表情回道："算了，毕竟是雪乃女士。"

纱英仿佛想将心中的不满一吐为快："荣治哥患上抑郁症不久，那个女人就抛弃了他，转而与拓未哥交往，像寄生虫一样赖在我们家，真不知道是不是该夸她聪明。"

据纱英所说，雪乃原本是和服批发店老板的女儿，她家的店铺很早以前就与森川家族颇有来往。但老板的买卖最终没能维持下去，家庭也破裂了。雪乃当时还是学生，金治觉得她可怜，便雇她做私人秘书。但雪乃不擅长办公，顶多帮忙买买东西、做做杂务，以此挣些打工费。

在工作过程中，她成了荣治的女朋友。正当大家关心他们是否会结婚时，荣治患上了抑郁症，雪乃便轻描淡写地离开了荣治，以猛烈的势头追求拓未，最终嫁给了他。荣治与拓未在工作上算是竞争对手，如此说来，雪乃的行为可谓看风使舵。

嘴里说着这些，纱英拔着杂草的双手却一刻未停。

纱英似乎在森川药业的子公司里做业务员。尽管是靠关系得到的工作，但看她拔草时的那股麻利劲儿，我倒觉得她是个精明强干的姑娘。

"算了，毕竟雪乃女士是个大美女嘛。"朝阳似乎不想再理会雪乃的事了，"快看，界牌找到了！"

朝阳的身手也很灵活，只见她干脆利落地拔起杂草，拨开泥土，连续发现了好几块界牌。

每发现一块界牌，她便咧嘴一笑，露出洁白的牙齿。她的笑容有如阳光与向日葵般明媚。看到她脸上的笑容，我不禁理解了为什么病床上的荣治会迷恋上她。

"毕竟雪乃女士是个大美女嘛"，当她说出这句话时，我本想夸赞她"你也很有魅力"来着，但总觉得这句话从我嘴里冒出来会显得阴阳怪气，于是便作罢了。

堂上、小亮与巴卡斯散步归来。巴卡斯冲着蹲在门口拔草的我们吠个不停。

"巴卡斯都没凶过我和朝阳小姐，所以是在凶你哦。"纱英不失时机地揶揄我。

村山似乎也注意到了堂上。

"堂上医师，关于荣治的遗书，我有几句话要和你谈。"

说罢，两个人便进屋去了。

我望着纱英问道："堂上医师和小亮照顾过巴卡斯，荣治的遗书里也出现了他俩的名字吧？"

由于遗书的内容过于荒唐，我没能将里面的细节一一记住。但如果没记错的话，里面似乎提到了替荣治照顾爱犬的几个人的名字。

"是的，村山律师也要和他们签署转让土地的手续，这阵子他简直忙得不可开交。"纱英叹了口气，"森川家族的成员很多，但各有各的工作要忙。因此，我和富治哥作为小辈几乎要参与所有的见证工作。反正我已经筋疲力尽了，富治哥最近也累得不行吧？"

听到这句话，富治默默地点了点头。

看来他那病恹恹的脸色，或许并非只因为与生俱来的沉疴，和最近过于忙碌也有关系吧。

"那你哥哥拓未呢？"我想尽可能多打听些森川家的消息，于是插嘴问道。

只见纱英的脸上浮现出笑意，仿佛在说"问得好"。

"告诉你，拓未哥可是森川药业经营企划部新业务课的课长。他平时就是大忙人，现在就更忙了，最近他正在做新药发售的准备呢。"她用一副得意扬扬的语气说道。

这么一说，我想起了森川药业的新药——肌肉达人Z。而这一项目由定之专务主导，他自然会让自己的儿子拓未积极参与其中。

在我们讲话的过程中，小亮已经熟练地把巴卡斯拴回狗屋门口。

"小亮真了不起。"朝阳笑着夸了一句。

"我都五岁了，已经是男子汉了！"小亮露出了欢快的表情，挺起胸膛，"我以后也要像爸爸那样，给动物当医生。"

明明刚才还在哭哭啼啼地求我不要告他，这会儿倒装起大人来了。

小亮找了一个离我最远，同时离朝阳最近的位置，拿着木棍蹲在地上画起画来。起初，他用左手拿着木棍，画出一幅糟糕透顶的画，画出来的东西既不像人脸，也不像狗脸。

"对了！不能用左手的。"说着他把木棍换到右手，结果画得比刚才还难看。

"不能用左手吗？"朝阳和蔼地问道。

小亮一脸乖巧地说："爸爸告诉我要用右手。"

不过是纠正左撇子的习惯而已，听小亮的语气简直像是什么重大任务一样。

"所以虽然很难，但还是要和左手拜拜。"小亮难过地垂下眼，左手不断地握起又松开，"没办法，谁让我都五岁了，已经是男子汉了……"

看着他那副模样，我和纱英都没忍住笑了出来。

站在后面看着我们的雪乃也味味地笑了。

"荣治也说过同样的话，看来全天下的男生真是一模一样。"雪乃突然开口说道，"荣治原本也是左撇子，但后来硬被纠正过来，为此还留下了心理阴影。"

荣治好像确实提到过这件事。

“他是不是说过，只有在家时会用左手？”

我说完后，朝阳也笑着点了点头。

然而听了我的话后，雪乃不知为何愣在原地没有说话。可能是发现荣治对自己说过的话同样也对其他前女友说过，感到难以接受吧。我原以为雪乃与纱英不同，不会与其他女生争风吃醋，因此反倒有些惊讶。

“荣治提起时，还摆出了一副要公布重大秘密的派头。”朝阳说着咧嘴一笑。

唉，为什么男人总是喜欢把发生在自己身上的往事添油加醋地讲给别人听呢？而且同样的话要对好几个女生各讲一遍。

“咦？荣治哥过去是左撇子？”纱英惊愕地大声问道，“他来我们家时，用的可都是右手呢。”

此时富治说道：“去别人家，即使是去亲戚家做客时也必须用右手。父母在这方面的管教一向非常严格。”

荣治身上不为自己所知的一面居然被其他女人了解，纱英与其说感到生气，更像是受了打击一般，一时间噘起嘴巴，垂头丧气地盯着地上的草皮。虽然她的侧脸一点也不可爱，但还是有些惹人生怜。我本想安慰几句，但由我开口安慰显得有些古怪，于是再次作罢了。

这期间，巴卡斯依旧吠个不停，似乎在对像我这样的可疑分子表示不满。

“这栋别墅现在已经没有人住了吧，为什么狗还养在这里？”我对巴卡斯的叫声感到有些烦躁，于是开口询问。

富治向我解释了原因："它似乎不愿意离开这里。"

之前拓未和雪乃把它带回了就在附近的住处，但每次带过去后它都会逃回这里。所幸旁边就是兽医堂上的家，于是两人给了堂上父子一点谢礼，请他们暂时帮忙喂食、遛狗。

就在我们说话的时候，村山和堂上回来了。不过，紧接着，村山的手机铃声再次响起，他把手伸进口袋里摸索着。

"失陪一下。"

为了不被巴卡斯的叫声吵到，他拿着手机走开了。只见他穿过大门走进别墅，但没过几分钟就回来了。

"丽子小姐，待会儿能和我去趟事务所吗？稍微出了点麻烦。"

"怎么了？"

"金治先生和他的顾问律师为了查看遗书原件，正在赶往我所在的事务所。他们说要讨论一下荣治遗书的有效性，因为那项知名的条款——"

村山和我对视一眼。

"因违反公序良俗而无效。"

我们异口同声地说了出来。学过法律的人，总是能想到一块儿去。

"金治先生委托的还是山田川村·津津井律师事务所的律师。你熟悉这家事务所吗？就是那个位于丸之内的、号称日本最强的律师事务所。"

突然听到老东家的名字，不禁让我倒吸一口凉气。

3

堂上父子回家后，我们又拔了半个小时的杂草，接着处理完手续，便各自离去了。落日西斜，天空遍布红霞。

"没想到丽子小姐是山田川村·津津井律师事务所的律师啊。"村山一边开车，一边兴奋地说道，"如果不是毕业于名牌大学，在校期间成绩优异，司法考试也一次通过，是根本没法去那家事务所工作的呀。"

"的确有不少这样的人，但也不是全部。"我随口搪塞。

不少像村山这样主打个人业务的律师，会对我这种主打涉外业务的律师心存敌意，将我们戏称为"守财奴"。

"头脑聪明还不够，重要的是心地善良。"——已经记不清被事务所里那些大叔教训过多少次，听得耳朵都要起茧了。

"在大型律师事务所里工作，肯定很忙碌、很辛苦吧？不过作为女性，还是接企业方面的工作更加安全。"

没想到他会这么说，坐在副驾驶席的我略感惊讶，不由得瞥了村山律师一眼。

正巧车子穿过开阔的平原，开进茂密的林地。车内顿时陷入一片昏暗，我也因此没有看清村山的表情。

"在我认识的律师里，有人曾因遭受怨恨而被杀害了。"

"被人杀害？"我不禁重复了一句。

"是的，是一位女律师。她和我就读于同一所大学，聪明伶俐，长得漂亮又带着一股英气。在我眼中她就像女神一样完美。成绩优异的她大学还没毕业就通过了司法考试，后来也顺理成章地当上了律师。那时我还只是个不起眼的学生，对她只有仰慕的份儿，也没机会和她产生超越朋友的关系。"

村山一只手从方向盘上拿开，难为情似的挠了挠脸。

"就在我二十七八岁，正好和丽子小姐现在的年纪差不多的时候，突然得知了她的死讯。当时简直无法相信，心思机敏的她居然会年纪轻轻地就丢了性命。"

随后，村山缓缓讲起了她的故事。

当时她在一起离婚案中担任遭遇家暴的女方的代理律师，最终成功让法院判决离婚，女方也得以在新居开启崭新的生活。

她却因此遭到了家暴案中前夫的憎恨。

在那个前夫看来，妻子和自己过得好好的，都怪律师用花言巧语哄骗妻子，两个人的关系才会破裂。

于是那个前夫闯进律师事务所，用刀指着女律师，逼她说出前妻的住处。

"她没有告诉那个前夫。因为一旦把地址告诉他，自己的委托人就又要生活在水深火热之中。无论那个男人怎样威胁，她都坚持不开口，最终男人刺死了她。"说到这里，村山轻轻吸了吸鼻子，"虽然她头脑敏锐，但也一向高傲冷淡，做事不会热血上头。所以当时的我既疑惑又好奇——能让如此优秀的她不惜豁出性命，律师究竟是种怎样的工作呢？于是从那时起我下定决心，拼命努力，好不容易也成为律师。为了通过司法考试，我花了整整五年时间。"

原来如此，怪不得从律师职业生涯来看，我会觉得他年纪有些大，这下就说得通了。

不过律师的工作真有那么好吗？真的值得为之豁出性命吗？我认为自己对工作已经足够尽职尽责，但依然不敢保证能在刀刃对着自己的情况下，将身为律师的责任贯彻到底。

"那么你呢，做了律师后有什么感觉？"村山向我问道。

"这个还不清楚。光是应付眼前的工作就已经让我筋疲力尽了，我似乎还没能到达她的境界。"

二十五到三十岁，这样一位与我年纪相仿的律师，明明还有无数想做、能做的事，却在大好年华惨遭不测，多么令人遗憾。若是我遇上这种事，死后恐怕会化作恶灵，永远诅咒这个世界。

"所以当荣治向我提起你时，我不自觉地就想起了她。"

车子开出山道，驶入宽敞的大街。

"荣治提起过我？"

"当时荣治的身体状况已经很糟糕了。为了将这栋别墅作为遗产赠送出去，我们特意列了那份前女友名单。当时他一边咳嗽一边讲个没完，对我说这个女孩怎样怎样，那个女孩又是怎样怎样的。"村山对我微微一笑。

都说男人会在头脑中美化前女友，并且永远藏在心底，我觉得这话不假。不过曾经与荣治交往过的姑娘这次却没几个联络得上，看来还是女人更容易忘记过去啊。

"对了，丽子小姐，打印机的扫描功能你会用吗？"村山突然问了这么一句。

"会啊，怎么了？"我回道。

"我是个机器盲，而且笨手笨脚的。等到了事务所，帮我扫描一下荣治的遗书吧。上传到网站的部分是纱英小姐帮我扫描的，但如果要鉴定有效性，把封条和信封都扫描一下留作证据会好些吧。"

"原来如此，是这样没错。"我轻轻点了点头。

为了否定遗书的有效性，争执的焦点一定会放在"遗书内容是否违反公序良俗"这个问题上。除此之外，对方也有可能提出遗书是伪造的、遗书的内容被替换过之类的观点。

我对遗产继承的案子不太熟悉，因此没考虑到这点。不愧是小镇律师，村山对这方面可能出现的争执应该早已了如指掌。

随后我们都没有再说话。

彼此沉默了几分钟后，车子开进旧轻井泽地区时，村山又低声说了一句："我说，丽子小姐，努力工作固然没错，但也要珍惜自己的生命。她已经不在人世了，所以请你带着她的那一份，长长久久地活下去——不过这么说，你会不会觉得我在给你压力？"

不知为何，和村山律师说话，感觉就像和自家叔叔说话一样。

"有道是'好人不长命，祸害活千年'，您这么对我说真的合适吗？"

当我这样答复村山后，他用一本正经的语气对我说："不过也有句话叫'美人命薄'哪。"

当我们来到位于旧轻井泽的民生律师事务所楼前，时间是下午五点，太阳已经彻底落山。冬季高原上的夜晚总是来得很早。

村山的车开得很粗野，再加上他那辆便宜的小型车减震效果很糟糕，我有点晕车。刚到目的地我便立即下车，大口呼吸新鲜空气。

村山也随即下来，走近事务所所在的建筑，抬头仰望着二楼。

他先是"咦"了一声，然后叫道："侧面的窗户被人砸破了！"

正面倒是一切正常。

事务所所在的小楼与右侧建筑只间隔两米左右，中间是一条极为狭窄的胡同。我走到村山旁边，抬头朝小楼右侧的墙壁上望去。果然，二楼的玻璃窗被砸了一个窟窿。

这栋小楼年代已久，楼层不算高。在建材超市里随便买把梯子，应该就能爬到二楼的窗户旁。

"闯空门？"说着我掏出手机，准备报警。

"先进去看看是什么情况吧。"

村山掏出钥匙，在小楼正面左侧打开一扇仅允许一人通过的卷帘门，随后走进去，登上了楼梯。

我跟在他身后。

上次遇到这种事还是前年，只不过当时我要抓的是一个潜入我家的内衣贼。回想那时的自己，真是出乎意料地冷静。

　　整个事务所还没有刚刚待过的别墅的客厅大。房间差不多十叠大小，整体呈细长状，靠外摆着一套简易的会客用沙发，最里侧则是一张办公桌。

　　看来村山既没找秘书，也没雇员工，一切工作都自己承担，与配备个人秘书和律师助理的我截然不同。

　　"屋里被人翻过。"村山说着向房间内侧走去，我跟在他后面。

　　房间两侧都装有落地式书架，从地面一直延伸到天花板，上面摆满了书本和老杂志。一些原本摆放在书架上的文件夹被人抽了出来，如今散落在地板上，我凑过去仔细一看，发现里面保管着过往案件档案。

　　办公桌的抽屉也被人拉开，大敞在那里。

　　村山蹲在地上，哗啦哗啦地翻着文件。

　　"丢了什么东西吗？"

　　听到我的话，村山摇了摇头："虽然被翻得乱七八糟的，但并没有物品丢失，这是怎么回事？"

　　村山站起身来，叉腰环视四周。

　　我的目光落在了办公桌上。

　　桌上放着三个装着黑色液体但没装满的马克杯、一个塞满了烟头的烟灰缸，再旁边是一个香烟盒——一根香烟露着头。除此之外，桌上还摆着纪念品模样的高尔夫球形状的镇纸，以及一本似乎两个月都没翻过的台历。

　　文件散落在这些装饰品之间，上面又压了好几层文件夹，似倒非倒地保持着绝妙的平衡。

"桌子上也被翻得一团乱。"我望着办公桌说道。

村山堵在我面前，仿佛要挡住我的视线。

"桌子原本就是这样。"说罢，他难为情地移开目光。

我差点惊掉下巴——这么脏乱的桌子也能用来工作？我虽然没有洁癖，但也不喜欢邋里邋遢的样子。我坚信保持办公桌的整洁能提高工作效率。

"啊！对了，最重要的东西还没检查。"村山绕到桌子后方，朝桌下看去，"保险箱不见了。"

完全看不出这家事务所会有什么值得放进保险箱里的值钱货。

"里面放的是？"

听了我的问话，村山回过头来。"荣治遗书的原件，还有一些重要文件。保险箱设置了两个五位数密码锁，估计是小偷没能打开，于是把保险箱整个儿偷走了。"

我立刻打电话报了警。

警方表示市内发生了连环追尾事故，大部分警力都被调到了那边，等人员整备好就会过来，请稍微等待一阵子。

挂掉电话，我再次转身向村山问道："能想到什么线索吗？"

"荣治的遗书已经在网上公开了，其他文件也只对极少数人有意义。"

"保险箱多大尺寸？"

"长、宽、高各三十厘米，虽然很沉，但也不是不能带出去。"

我立刻向脚下看去。铺满整个房间的地毯上，没有留下丝毫保险箱的拖痕。毛毯的毛本来就短，又被人踩得非常实，就算有重物拖过，恐怕也很难留下痕迹。

我回到接待处，仔细查看门框下方，发现在差不多三十厘米高的位置有一处金属擦撞的痕迹。

"这里有一处磕碰的痕迹。"

随后，我倒退着走下楼梯，检查楼梯边角的防滑垫，查看楼梯上是否有磕碰的痕迹。如果盗贼把保险箱从二楼滚到一楼，说不定会磕到楼梯上。

正当我刚刚退到一楼时，后背突然撞到什么东西。

"啊，不好意思。"

听到一个熟悉的声音，我顿时感到心惊肉跳。

我保持着蹲姿回过头去，一双黑色男士皮鞋映入眼帘。一眼就能看出那是双品质优良的高级货，但似乎有一阵子没擦了，显得脏兮兮的。

视线上移，看到的是一个体态发福的男人，他身着一件十分得体的衬衫。

四周光线昏暗，我看不清他的面庞。但通过对方那狸猫塑像[1]般的体态，我立即辨认出了他的身份。

"津津井律师。"我低声说。

1　通常摆放在日本的商店及普通人家里，寓意招财招福。

从津津井律师身后传来金治总裁粗重的声音 ——"津津井律师，怎么了？"

"你怎么会在这儿？"我下意识地明知故问了一句。

津津井律师望着我，只见他快活地微笑着，鹅蛋般的脸上布满褶皱。

"这正是我想问的。最近好吗，剑持律师？"

津津井律师和金治走进事务所，本就不大的空间显得更加狭窄了。

"抱歉，现在自我介绍有些迟了。我是森川金治先生的代理律师，敝姓津津井。"津津井恭恭敬敬地说着，从高级鳄鱼皮名片夹中取出一张名片递给村山。

村山郑重地用双手接过名片。

"我想想，我的名片用完了……不对，钱包里应该还有一张。"说着，他从钱包中取出一张已经翘了边的名片。

我站在村山和津津井中间观望。

此处共有三位律师在场，却各有各的打算。

村山是荣治的代理人，他的工作是执行荣治的遗书。

我是筱田的代理人，目的是基于荣治的遗书，让自称"凶手"的筱田获得荣治的遗产。

也就是说，从主张荣治遗书有效的立场来看，我与村山处于同一阵线。

津津井是金治的代理人。如果荣治的遗书成立，那么遗产就会从金治的眼皮底下飞走，全部归凶手所有。因此，津津井要做的是否认遗书的有效性。

津津井简明扼要地向我们表示，尽管金治主持了凶手选拔会，但他本人更希望能否定遗书的有效性。

一旦遗书的有效性被否认，相当于荣治没有留下遗书，他的遗产也将全部归法定继承人所有。荣治没有配偶及子女，法定继承人就只有父母——金治及惠子。

金治之所以参加凶手选拔会，是因为万一遗书生效，需要选出一个不会影响到森川药业利益的"凶手"，即森川药业的新股东。

原来如此，的确符合金治谨慎的行事风格。

"剑持律师在凶手选拔会上的优异表现，给金治先生留下了深刻的印象。"津津井用一副揶揄的口吻说，"要是剑持律师再接再厉下去，遗书说不定真的会被判有效。所以金治先生才会解雇其他顾问律师，来找我商量这件事。多亏了剑持律师，我才得到了这么大的客户，真不枉我一手将你培养起来啊。"

津津井面带微笑地望了金治一眼，那眼神仿佛在说"在事务所里负责带她的人是我，您放心吧，她的本事与我相比还差得远"。

我直勾勾地瞪着津津井，他也面无表情地瞪着我。

就在这时，村山出言打破了沉默："难得你们过来查看遗书的原件，但是非常抱歉，律所的保险箱遭窃了。"

"遭窃了？"金治立即问道。

"是的，整个保险箱都被偷走了。"村山的语气显得若无其事，仿佛事不关己一样。

"怎么会这么巧这时候被偷了？！肯定是不方便给我们看，你藏起来了吧？"金治逼近我和村山，像是想要一把揪住我们。

"恰好相反。"我立即开口说道，"这件事对我和村山律师来说才是最麻烦的。要是遗书原件丢失，遗书的有效性也就无从谈起。反过来说，金治先生，你是这件事最大的获利者。"

原本最该激烈反驳的村山反而安抚我说"算了，算了"。

津津井律师清了清嗓子，坐在接待处的沙发上。他的身子太重，压得沙发嘎吱作响。

"剑持律师，你们主张荣治的遗书有效有胜算吗？"他似乎是想探我们的底，"在我看来很难被判定为有效。唉，我说这些都是为了你好。要是你在这种毫无胜算的案子里插上一脚，给自己光辉的履历染上污点，未免太可惜了。"

我扑哧一声笑了出来。

这种小伎俩只能吓唬到三流水平的律师。

我天生是愈挫愈勇的性格，因此听了津津井的话，反而涌现出无穷的斗志。

"嘻，感谢您的关心。"我用开朗的语气回道，"我却更担心津津井律师。要是输给自己亲手培养出来的律师，您这'日本最强律师事务所的合伙人'的面子往哪儿搁啊？"

我捡起放在地板上的提包。

"因违反公序良俗而判无效，的确是个有趣的论点，许多民法学者都对此产生过浓厚的兴趣。"

我从包里掏出一沓厚厚的资料。

津津井顿时变了脸色。

"难道说那是……"

"没错，正是意见征求书。"

在法庭上，当双方就法律法规的解释问题出现争议时，法官有时会参考从学者那里得到的意见征求书来解释法条。

关于法律法规的解释，原本就不是靠讲道理能轻易得出答案的，许多情况下即使经过漫长的讨论，最终依旧无法得出结论。在法庭上也不例外，双方律师常常会为了一个问题争执得不可开交。在这种情况下，有时就连法官也难以裁决。

到了这种时候，学者的意见征求书就是一种有效的参考材料了。法官们在念书的时候，学的都是法律界泰斗编写的教材。

如果编写教材的专家学者都支持某一种解释，那么意见征求书将毫无疑问成为引导法官判断的绝佳材料。

"上至法学界泰斗，下至年轻有为的法学新人，整个日本的民法学者都对这一问题进行了发声。支持我们所持观点的学者为数不少。"

津津井顿时睁大了眼睛，但很快又恢复平静。

"少在那里虚张声势了。那些学者大都保守得很，怎么可能会掺和这种豪门秘事？"

我将那沓文件慢慢放回包里。

"要是觉得我在虚张声势，那也随您高兴。"

"为了这个，恐怕你烧了不少钱吧？那帮家伙可是一个比一个贪。"

津津井律师说得没错，想得到一封专家学者的意见征求书，要掏的钱可不少。毕竟学者大多清贫，所谓的"意见征求书经济"自然也就根深蒂固地存在，他们也能从中获得一些灰色收入。

"那是自然。您付给我的少得可怜的奖金，多少还是起了点作用。"

姑且算是报了被蛮横扣除奖金的一箭之仇，但光是这样还不足以让我泄愤。

津津井用鼻子哼了一声，双臂在胸前交叠。

"无所谓，能给出意见的人我也会找。法律圈里和我有着多年交情的学者多着呢。"

这时，我望向津津井律师的脚下。

"话说回来，津津井律师，与其担心这个问题，不如多担心一下尊夫人。"

津津井露出一副惊诧的表情。

"这是什么意思？"

"字面意思啰。您身上的衬衫干净整洁，只有鞋子脏兮兮的，难道尊夫人没有为您擦过？该不会是因为家庭关系不太和睦吧？"

津津井猛地站起身来。

"用不着你瞎操心！"他抬高音量吼道。

只见津津井狠狠地瞪着我，活像一只煮熟了的章鱼。

我还是第一次见到津津井流露出私人情绪，差点被他这副与平时截然相反的模样吓得连连后退。但毕竟挑起事端的是我，为了在气势上不落下风，我依然毫不畏惧地回瞪着他。

津津井假装清了清嗓子，仿佛在掩饰自己的失态。

"金治先生，看来是白跑了一趟。咱们都还有事要忙，回去再说吧。"

金治一言不发地点了点头，跟在津津井身后离开了事务所。

两人走后，村山目瞪口呆地望着我。

"你可真行。"他一个劲儿地挠着脑袋，"伤了男人的自尊，是会遭到怨恨的。"

"嗯？"我不太了解村山的意思。

"唉，蛮同情津津井律师的，要换作我我也受不了。这样说可能不太合适，但每个男人都会把自尊看得非常重要，甚至比钱和命都重要。有些人被伤及脸面后，甚至有可能与对方以命相搏。"

我一时间没能领会他的意思，不由得有些发蒙。

"什么意思？你想说什么？"

村山打了个哆嗦。

"男人不能容忍家庭不和被别人知道，尤其是老婆出轨这种事。在居酒屋之类的地方向老板娘发发牢骚还好，但如果是会在职场上打交道的大老爷们儿就绝对不行。因为这样一来，他心中的自我形象就崩塌了。"

我一时有些摸不着头脑。

什么叫作"心中的自我形象"？

"等等，我根本听不懂你在说什么。个人隐私被暴露的确令人烦躁，至于拼个你死我活什么的，未免太夸张了吧？"

村山摇头否认："不，这对男人来说可是至关重要的。像我这种干巴巴的老头也就算了，本来也没什么面子可丢。但像津津井律师那样重面子、自尊心强的男人，在委托人面前被你伤害到心中的自我形象，他一定会对你恨之入骨。"

我的确只是怀着恶作剧的心理吓唬吓唬他，没想到事态会如此严重。

"总之，津津井律师一定会不遗余力地将你击垮，估计他也去收集专家学者们的意见征求书了。"

听到这句话，我反倒笑出了声，不停摆手。

"这个倒无所谓，哪个学者会为这种儿戏般的案件写意见征求书呢？"

村山顿时一脸惊讶地问道："这么说，刚才那些文件是……"

"当然是拿来吓唬他的了。就让他去为那些虚无缥缈的意见征求书疲于奔命、浪费时间吧。趁此机会我们就继续做好自己的准备工作。"

村山望着我微微一笑："丽子小姐智计百出，比起循规蹈矩的涉外律师，说不定你更适合来做我这样的小镇律师呢。"

说着，村山拿起办公桌上的香烟盒，从里面抽出那根露头的香烟，点上了火。

我也叹了口气，向后往沙发上一倒，将胳膊搭在扶手上。

"警察怎么还没来？话说回来，今天发生的事可真不少。"

听了我的话，村山吐出一口烟圈，随即表示："可不是嘛。"

刚说完，他突然剧烈咳嗽起来。

我立刻起身问道："要来点水吗？"但村山已经捂着脖子蹲在了地上。

我慌忙跑到村山旁摩挲着他的后背。村山叼在嘴里的香烟掉到了地板上，为了防止起火，我立刻将它踩熄了。

"你没事吧？"

然而村山的脸色越来越紫，明摆着不像没事的样子。

"丽子……小姐……"村山艰难地挤出这句话来，"我的……这家……事务……所……送给……你……"

只见他的面容因痛苦而扭曲，眼睛半睁半闭，口水也从嘴角滴落下来。

我完全搞不清他的用意。

"我才不要你这个破破烂烂的事务所！"我一边喊着，一边用力拍打村山的后背，"喂，村山律师，你坚持住！"

村山似乎还想张嘴说话。

直到这时，我才突然想起应该赶快叫救护车。

我在口袋里摸索着手机，但手不停地颤抖，费了好大的劲儿才掏出来。

"我和……她……律师……"话未说完，村山再次剧烈咳嗽起来，"请你带着她的那一份，长长久久地活下去……"

费尽全力挤出这句话后，村山再也不动弹了。

只见他蜷缩着身体，像一只午睡的猫咪那样侧面着地倒在地上。那件不怎么合身的衬衫到处都是褶皱。

我一时愣在原地，一只手还放在他的背上。

仿佛只要我一动弹，就会有什么东西化为碎片。

"打扰了！遭到偷窃的是这儿吗？"

楼下传来一阵喊声，但我仿佛患了耳鸣，感觉那声音来自远方。

"我们是警察，现在上楼方便吗？"

伴随着大声的叫喊，楼梯处传来一阵脚步声。

第四章

不在场证明与出轨之间

1

我从警察局里出来时，天已经彻底黑了。时间接近午夜，无论是新干线还是电车都已停运。

在警察局里，我把今天经历过的事完整地讲述了一遍。

前女友们的集会、发生在民生律师事务所的盗窃、与津津井的争执，以及村山的死亡。

警察告诉我，村山抽过的那根香烟滤嘴处被涂了毒。虽然没有说具体是什么毒，但既然能在村山死后没过多久就被鉴定出来，说明很容易入手和鉴定，应该是种常见的毒药。

当然，身为第一目击者，村山死亡时恰巧在他身边的我，自然是最为可疑的嫌犯。

但是烟盒上并没有我的指纹，在我随身携带的物品中和现场也没能找到类似手套那种可以用来掩饰指纹的工具。更何况之前报警的是我，将警察叫到事务所来的也是我。诸般条件结合在一起，估计很快就能让我摆脱嫌疑人的身份。

警察本想将我暂时扣押在拘留所，以防万一，只可惜我并不是什么省油的灯。

我在兴奋状态下，头脑反而会更加冷静。我侃侃而谈，引用大量《刑事诉讼法》中的条文和判例，告诉他们如果在调查凶手的过程中不守规矩，将来有可能会因非法调查的罪名吃官司，负责此案的警官的职业生涯可能也会就此终结……最后，问讯的警官实在听不下去，只好释放了我。

然而当坚持到底、终获胜利的我被释放出来时，外面已经既没有路灯也没有汽车，只剩下冬季寒冷的乡间小道。

走投无路的我试图叫一辆出租车，去看看电车站前有没有旅馆之类的住处。就在我掏出手机搜索出租车公司时，一辆小轿车亮着车灯缓缓靠近，停在我的面前。

副驾驶的车窗打开了，让我万万没想到的是，里面露出的竟是雪乃白皙的面庞。

"已经这么晚了，今天住我家吧。"她用邀请朋友去家里喝茶的轻快语气说道。

有那么一瞬间我怀疑这是什么陷阱。但随即又想到自己实在无力寻找旅馆，便接受了雪乃的好意，坐进车里。

"你怎么知道我在这儿？"我坐在后座上问雪乃。

"警察打电话过来，问了我不少今天发生的事，应该是为了核实你说的话。之后似乎也要对我进行正式问讯。"副驾驶席上的雪乃微微扭头说道。

估计是警方找不准目标，才会向多名涉案者打听情况吧。

坐在驾驶席上的是雪乃的丈夫，也就是荣治的表兄、纱英的亲哥哥——拓未。

"敝舍既狭窄又寒碜，要是缺什么用的还请开口。"他只说了这么一句话，然后默默地开起了车。

从后方看去，他体形健壮，平时应该经常锻炼身体。

车里光线暗淡，但我依然借着后视镜偷偷看到了他的脸。如我所料，他的面孔很有运动员范儿，显得端正大气。虽然算不上美男子，但看上去老实巴交的，像个好人，给人一种爽朗的感觉。

拓未与雪乃的住处确实坐落在偏僻的郊外，却绝非主人说的"既狭窄又寒碜"。

这是一栋十分宽敞、呈立方体状的混凝土平房，看上去也更有近代建筑的风格。与荣治静养的那栋西式复古宅邸相比，这里显得更加冰冷，却也更加华贵。

我突然意识到荣治家里早已空无一人，而拓未家却是蒸蒸日上，拿这两者相比未免有些不够厚道，心中不禁涌出一丝愧疚。

英年早逝的荣治该是多么不甘心啊。他死前究竟在想些什么呢？这些本该更早出现的疑问，直到现在才突然涌上心头。

打开中间的大门，首先出现在眼前的是宽敞到容得下一个人在上面打滚的门厅，里侧是由大理石铺成的宽敞地面。在日光灯的照射下，墙壁与地板一片洁白无瑕。

当我穿着柔软舒适的拖鞋穿过门廊时，我看到屋内不冲行车道的一面挂着一副窗帘，透过窗帘的缝隙，我看到后面是一扇落地窗，窗外有一个小院。

客厅里的沙发是外国牌子的高级品，上面摆着四个漂亮的天鹅绒靠垫，看上去也是上等货。就连通往院子的便门前随意散落的室外拖鞋，也都是价格不菲的名牌。

应雪乃的邀请，我在泡泡浴缸里泡了个澡。被浴盐的香气和四周洁白的泡泡包裹，我整个人略带恍惚地沉浸在浴缸里。

就在此时，我感受到了对死亡的恐惧。

听到荣治的死讯时，我的心中既没有恐惧也没有悲伤。

然而随着逐渐与荣治身边的人打起交道，荣治的死在我心里变得越发真实，也越发令人悲伤。

而当我目睹了村山的死亡后，荣治的死在我内心的真实感，忽然又变得不值一提了。村山剧烈咳嗽的痛苦模样一瞬间掠过脑海，我赶忙将其挥散。

"请你带着她的那一份，长长久久地活下去。"

我回忆起村山临死前对我说过的话。

"又不是光在嘴上说说就能成真。"我言不由衷地自言自语，"我才不要你那个破破烂烂的事务所呢。"

就在这句话脱口而出时，我突然发现自己的眼泪已经簌簌而下。

好久没有哭过了，甚至不记得上次哭泣是在什么时候。

我放任自己的眼泪不住地流出，半张着嘴巴望向天花板。

香烟被下了毒，说明这件事既非自杀也非意外，而是如假包换的谋杀。烟盒在我们进入事务所时就已经被放在桌子上了，这意味着那个闯空门盗走保险箱的人有重大嫌疑。

烟灰缸里满是烟蒂和烟灰，即使是初来乍到，也能推测出村山是个老烟枪。因此，只要从桌上的烟盒里取出一根香烟，在滤嘴处抹上毒药，继而放回烟盒，再将有毒的那根香烟稍稍抽出来一点，村山自然会优先抽到那根被投了毒的香烟。凶手的作案手法可以说是很简单。

不过，问题在于那个小偷的身份。

荣治遗书的原件一旦丢失，获利最大的自然是金治夫妇。但回忆起金治当时的反应，这件事并不像是他动的手脚。

获利程度次之的是荣治的哥哥富治。尽管荣治的财产会暂时归于法定继承人金治夫妇，但等到金治夫妇过世后，这些财产就会全部归于富治。不过我实在无法想象那个在竞争性馈赠上洋洋洒洒地讲了半天，还曾把自己的全部财产送给荣治的人，会为了夺取财产而实施谋杀。

那么会是金治的姐姐真梨子或弟弟银治吗？这两位原本就不是荣治的法定继承人，所以就算荣治的遗书不存在，对他们而言也没有什么特别的好处。

定之呢？如果荣治的遗书被执行，出现一个对森川药业不利的新股东，定之将会非常难办。如果遗书被判无效，就没有必要担心了。但如果他对某个新股东候选人不满意，只需要不承认他是凶手就足够了。反过来说，要是遗书不作数，荣治所持的股份就会归他在森川药业经营上的对立方 —— 金治夫妇所有。这肯定是定之所不愿意看到的局面。

那么拓未呢？荣治死后获利最大的人或许正是拓未。富治对经营毫无兴趣，一旦荣治这个唯一的对手消失，年青一代中最有希望继承森川药业的人就是他了。话虽如此，偷走荣治的遗书对他来说却并没有什么好处。

纱英？想要荣治的亲笔文书作为留念，因此偷走了遗书吗？思至此处，我自己都被自己逗笑了。尽管这种做法有点离谱，但纱英这样的人倒真有可能干得出来。

我将这些嫌疑人一个个分析了一遍，却依然没能得出答案。

难道说小偷想要的并不是荣治的遗书，而是放在保险箱里的其他文件？如果真是这样，那就根本推测不出具体的嫌疑对象，只能举手投降了。

浴缸里的水已经半温不热。继续发呆下去，一个不小心可能会在这里睡着，我便起身不再泡了。

换上睡衣来到客厅，看见雪乃正低头坐在沙发上。她原本就白皙的肌肤如今显得更加娇嫩欲滴。

突然感觉自己看了什么不该看的东西，我像做了贼一样打算偷偷转身回屋。

"啊，丽子律师你在啊。"但她一眼看到了我，将我叫住，

"有几句话想和你谈谈，方便吗？"

我和她倒是没什么好谈的，但毕竟人家对我有留宿之恩，于是还是老老实实地坐在她对面的凳子上。

雪乃这会儿穿着睡袍，正以素颜示人，但依旧美得惊艳。我甚至觉得与化过妆后的她相比，现在的她显得更加晶莹剔透。

雪乃扇了扇细长而低垂的睫毛，继而开口说道："我想问问一月二十九日夜里你在做什么？"

这个突如其来的问题让我无法立刻作答。

"为什么要问这个？"我反问了一句。

雪乃没有回答，只是说道："先别管原因，回答我。"

那天发生的事简直像上辈子一样遥远。不过我依然记起，一月三十一日，我与当时正在交往的男友信夫约会，并拒绝了他的求婚。那天是星期日，因此二十九日是星期五。

"周五晚上的话，我应该在工作。"

"感觉是个男人都会这样回答。"雪乃用锐利的目光在我身上扫了一眼，"但你不是男人。"

她究竟想逼问出来什么事呢？

我想起荣治去世的时间是三十日凌晨，一月二十九日深夜应该是他的弥留之际。但荣治几天前就已经患了流感，所以雪乃要问的事不一定与荣治有关。

"那么，这个又是什么？"

雪乃递给我一部手机，屏幕上显示着一张照片。

照片拍摄的似乎是记事本中的一页。

"这是拓未的记事本，你看这儿。"

雪乃指着一月二十九日星期五一栏。

上面写着"二十点，帝国酒店。剑持"。

我下意识地"咦"了一声，抬起头来盯着雪乃。

"那不是我。"我当即予以否认，这件事连我自己都想不通，"我的姓氏确实不太常见，但叫剑持的人，在日本怎么说也得有成千上万个吧。"

尽管我这样向雪乃解释，却在心里叫苦不迭。

雪乃斜眼看着我："可我认识的剑持就你一个。"继而又慢条斯理地说道，"可以告诉我实话吗？我不会生气的。"

尽管她那双水汪汪的眼睛楚楚动人，但我心想千万不能中她的计。说到底，我也从未见过嘴上说不生气，心里就真不生气的女人。

"不不不，真的不是我。当时我还在事务所工作。"

"周五晚上工作？"雪乃明显是一副怀疑的态度。她看上去不像是爱闹别扭的女人，没想到却相当在乎自己的丈夫是否搞了外遇。

"如果是一般的上班族，周五下班后或许会习惯性地出去喝上一杯，但做我们这行的，工作就是多到没完没了，基本每晚都得忙到凌晨一两点钟。平时我根本就没在半夜十二点之前回过家。记得圣诞节那阵子，事务所附近挂满了彩灯，我却一次也没见过，因为彩灯只亮到半夜十二点，等我下班回家时，已经是一片昏暗了。"我滔滔不绝地说着一些废话，听起来反而显得更假。

归根结底，她肯留我过夜，就是为了找机会盘问这件事吧。

"其他的待办事项都是用圆珠笔写的，只有这条是用铅笔写的。我觉得可疑就拍了张照，可过了一阵子当我再看笔记本时，发现这条待办事项已经被擦掉了。你不觉得这很古怪吗？"

我吓了一跳——原来真有女人会偷看丈夫的笔记本。雪乃还是一副理所当然的表情，亏她好意思说。

"未经允许就偷看别人的笔记本，不太合适吧？做人不要那么狭隘，时间已经不早了，还是赶紧洗洗睡吧。"我一不注意，也用一副大叔的口吻教训起人来了。

雪乃压低声音说道："这件事并非和我无关。最近总有人往我家里打电话，接起来却没有声音，还有人往信箱里塞了刀子。"

"我才不会用这种拐弯抹角的方式骚扰别人！"我正颜厉色地说道。

雪乃不住点头，似乎在竭力让自己相信。

"是啊，可能是我误会你了。"她嘀咕道。

"报警了吗？"

雪乃摇了摇头。

"还没报警。要是当地的警察动不动就出入我家，森川家会在背后遭人议论的。"

确实，万一大公司创始人家里的媳妇真的被丈夫与情人骚扰，这种事可不能随意张扬。

"这件事拓未先生知道吗？"

"我还没和他说。他动不动就去东京，应该还没注意到。"

据雪乃所说，森川药业似乎有不少大型工厂都建在轻井泽这边的盆地上。由于新婚时拓未时不时要去这些工厂出差，为了方便，两人就把新居安置在了这里。

但最近为了准备新药发售的相关事宜，拓未开始常去东京出差，有时一连几天都不着家。

"我再确认一次，上面写的剑持，真的不是丽子律师你吧？"雪乃直勾勾地盯着我问。

"真是的，太荒唐了！这个剑持根本就不是我。要是不敢报警，雇个私家侦探不就好了？我要睡了。"

我不顾自己还借住在别人家里，迈着大步走回卧室，在屋里的大号双人床上躺成了一个"大"字。

回味着雪乃的话，我想起了拓未那张老实巴交的面孔。他怎么看都是个忠厚的人，完全不像是会出轨的类型。不过话说回来，拓未办事麻利，朝气蓬勃，隐约间透露着雄心勃勃的气魄。而工作上进的男人总是会受女人欢迎，出轨的机会自然也会多出不少。

不过到了这种年头，还会有女人用无声电话、往信箱里塞刀这种老掉牙的方式骚扰别人吗？

拓未真的是出轨了吗？

那个笔记本上被擦掉的待办事项。

帝国酒店，剑持……

正当心不在焉地想到这两个词时，有个想法突然在我脑中闪过。

此事或许真有蹊跷？又或者只是偶然？

然而一旦想到，就抑制不住想去确认的冲动。

我给一位熟人经营的侦探事务所发了封邮件。

随后，我将手机放在身侧，让身体陷入柔软的床垫中。不知何时，我沉沉地睡了过去。

2

睡眠是个好东西，一觉醒来，感觉昨天还附着在身上的恶灵已经彻底离我而去。

在蓬松柔软的床上睡了一宿，第二天我彻底恢复了精神。

大口呼吸着轻井泽冰冷的空气，头脑也变得清晰无比。雪乃准备了正宗的西式早餐，有煎培根、小面包和炒蛋。我顿时胃口大开，风卷残云似的将其一扫而空，还在餐后喝了一杯综合咖啡。此时我不禁庆幸自己是个大大咧咧、无忧无虑的人。

拓未开车将整理好仪容的我送到轻井泽电车站。原本没有必要跟来的雪乃也坐在车上送我。回去的路上，他们似乎顺道去警察局接受了警方的问讯。朝阳早在昨晚也接受了问讯。看来昨天与村山见过面的人，已经统统被警方找过一遍。

如今警方应该正在查证我昨天的新干线乘车记录，或是在出租车公司查询我去别墅时乘坐的那辆车。

他们收集到的证据越多，就越能证实我口供的准确性。希望他们认真工作，好赶快将我从杀害村山的嫌疑人名单中排除出去。

我走上站台，打算乘新干线回东京。高原上依旧凛冽的二月寒风此时正迎面刮在我的脸上。这会儿还是清晨，站台上没几个人。就在这时，一阵"嗒嗒嗒"的急促脚步声向我靠近，紧接着从背后传来一个声音。

"是剑持律师吗？"

我回头一看，只见两名身着西装，外披切斯特大衣的中年男子站在那里。其中一个是和尚头，另一个则留着类似西瓜头的发型。

两个人个头算不上高，但腰板都挺得笔直，像是练过某种武术。

"我们是干这个的。"留着西瓜头的男人向我亮出警察证。

我眯着眼睛扫了和尚头一眼。他也淡然地掏出自己的警察证，将带有警徽的那页在我面前晃了一下。

他们两个都不是昨天问讯时出现的人。

"原来是长野县警察局的刑警先生，请问两位找我有何贵干？"我谨慎地问。

毕竟村山的死与我无关，不管他们要问什么，我都毫不心虚。

"在你回东京前，警方还有几个问题要问，能和我们走一趟吗？"

我心里生出一丝不祥的预感。在昨晚的问讯中我已经把电话号码给了警察，要是还有问题，打电话问就足够了。如今特地找上门来，想必是怕我在接到他们的联络电话后畏罪潜逃。

也就是说，警方肯定产生了什么对我不利的怀疑。

"有话要说的话，在这儿就行。"我干脆利落地回道。心里隐约有种预感——要是去了警察局，恐怕会凶多吉少。估计他们已经了解过昨晚我在警察局的态度，知道我对警方来说是个棘手人物。

"那就在这里简要地问你几个问题。"西瓜头刑警开口说道。

我一边回忆着村山死前发生的事，一边做好心理准备。然而接下来的问题出乎我的意料，而且，这个问题已经有人问过我了。

"一月二十九日深夜至三十日凌晨，你在哪里，在做什么事？"

昨天，我已经和雪乃讨论过这个问题，所以可以立即回答，但如果这样做，未免显得可疑。

于是我翻开自己的笔记本，假装稍微考虑了一会儿。

"我想想，是周五对吧……当时我应该在工作。地点是位于东京丸之内的律师事务所。"

两位刑警继续询问是否有人能够证明，以及证人的联系方式。

我说自己与办公室里的后辈古川一同工作到了深夜。对方满意地点点头，稍过片刻，留着西瓜头的刑警又问："剑持律师，听说你以凶手代理人的身份参加了森川荣治的凶手评选会？"

我倒吸一口凉气。这件事究竟是谁、通过什么方式泄露给警察的？所以说我才最讨厌那些嘴上说要保密，背地里却净搞些小手段的家伙。

但我立刻拿出一副不动声色的态度。

我还不至于因为这点小事慌神。

"工作方面的问题，以及是否接受过某项委托，请恕我无可奉告。"

西瓜头和我的目光在半空中相撞，擦出一阵火花。

"既然您是刑警，应该也明白。我对工作上的事有保密义务，因此什么也不能说。而您也没有逼问我的权力。如果一定要我开口，就请拿法院的正规文书来。"

站台上的广播开始播放列车即将进站的消息，没过多久，伴随着一阵隆隆声，新干线列车滑入站台。

我转过身去，上了电车。

背后突然传来一声怒吼："那可是两条人命！"

我回头一看，喊话的是那位和尚头的刑警，只见他整张面孔都憋得通红。

"对他们的死你就这么置之不理了？难道律师都像你这样，为了金钱不择手段吗？"

听到这句话，我心里猛然升起一阵无名之火。

那还用问吗？当然是不择手段了。

这又有什么错？

警察拼命追捕凶手，律师拼命保护委托人，这两件事之间难道存在什么区别？

不知不觉间我转过身去，对站在新干线车厢门口的两位刑警说道："那还用问吗？"我望着和尚头刑警的双眼，用无比坚定的语气说道，"这就是我的工作。"

发车的音乐声响起，新干线的车门迅速关闭了。

我再次转过身去，回到自己的座位上。

新干线开始前行，伴随着列车的震动，我做了个深呼吸。

事情越来越麻烦了。

凶手评选会的消息究竟是怎么泄露出去的？此外，之前判定"森川荣治是因病而死"的警方，如今为何又对此展开调查？

荣治的死亡时间应该是一月三十日凌晨。之所以问我一月二十九日深夜到三十日凌晨在做什么，是为了调查我的不在场证明吧。

究竟是怎么回事？我一时间陷入疑惑。

荣治的死亡诊断书上也清清楚楚地写着病死。当然，如果有人故意将流感传染给荣治，毫无疑问算是他杀。然而原本"公务繁忙"的警方如今却不再认为荣治是因病而死，而是遭人杀害的，实在有些蹊跷。

以为是媒体透露了什么新的消息，但我浏览了一圈网络新闻，却没有找到值得关注的内容。

"家住长野县小诸市的五旬男性律师死亡，从体内检测出毒素。疑遭杀害，警方展开调查。"

只看到这样一则简短的报道。

一瞬间，我再次回忆起村山那扭曲的侧脸、痛苦的咳嗽声，以及蜷曲的后背。

我摇了摇头，想将那幅画面从脑海中挥散。脑袋有一点痛，但现在不是休息的时候。于是我按了按太阳穴，逼迫大脑运转起来。

委托的消息之所以会泄露给警察，想必与昨天村山遇害一事有关。回忆起昨天对警察说过的话，我应该只谈了当天发生的事，没有提到关于荣治的消息。

如果说警方还接触过什么人，应该就只有昨晚同样接受过问讯的朝阳了吧。

难道说朝阳掌握着什么重要消息，并把它透露给了警察？

突然间我想起了委托人筱田。事实上我本应将现状与委托人实时共享，听他的指示行动，但如今去见筱田实在过于危险。想必警方已经认定我有可能认识杀害荣治的凶手了，如果他们向东京府警视厅请求协助，在东京追踪我的行迹，是有可能查到委托人的。

电话和邮件还是先不要使用了。万一以后手机被警方扣押，那么与刑警接触后我立刻联系的人也会遭到怀疑。

那要怎样才能保护委托人呢？我抱着头苦想了半天也没个主意。从昨天起，我就接连不断地被牵扯进各种麻烦事中，此时不禁一阵晕头转向。

就在这时，车厢内响起了即将到达高崎站的广播。

广播员的语气恭敬而礼貌，在侧耳倾听的过程中，我的情绪逐渐平复下来。于是我慢慢抬头，连续做了好几个深呼吸。

没关系，我是剑持丽子。

我不会输给这点小小的困难的。

新干线慢慢减速，我隔着车窗望着高崎站的站牌。

回轻井泽一趟，和朝阳谈谈吧。

如今我能做的，就只有努力收集信息、争取掌握事态了。

我收拾好随身物品，在停车的同时站起身来。

当我干脆利落地返回轻井泽，并来到朝阳工作的信州综合医院时，时间已经接近正午。虽然不清楚朝阳今天是否出勤，但我也不知道她的住址和联络方式，因此只能来她工作的地方碰碰运气。

在医院一楼的综合接待处请求见面后，对方说现在是午休时间，朝阳不在工作岗位。

我穿过医院的中庭，坐在一张日照充沛的长椅上等待。这里是接待处的大姐推荐给我的好地方。

说是中庭，但这里有着好几条直通医院外面的路，通风效果良好。庭院里栽种了许多树木，仿佛要将所有的道路都覆盖在枝叶下面。然而这个季节，树枝上已经没有一片叶子。

在我面前差不多十米远的小路上，一个严重驼背的老婆婆坐在轮椅上，后面有个男护士正推着她慢慢前行。看到柔和的阳光洒在两人身上，我顿时感到世上充满了宁静与祥和。

不管自己怎么瞎忙活，也不会对这个世界产生丝毫影响 —— 当我这样想后，心里顿时一阵轻松，连呼吸都顺畅了不少，同时一种怡然自得的爽快感在内心油然而生。

我回到医院，在小卖部买了杯咖啡后再次坐回长椅上面。当心情放松下来后，我终于感觉恢复了自我。调整好状态后，有一瞬间我甚至有些惊讶 —— 之前的自己为什么会如此慌张？

当我优哉游哉地喝完咖啡后，朝阳也出现在我面前。似乎是接待处的大姐将我的位置告诉了她。看了看手表，发现我到医院后才过了三十分钟左右。

"让你久等了。"

朝阳嫣然一笑。她的笑容就像一朵盛开的向日葵，仿佛四周都因她的笑容而明朗起来。

"丽子律师，你主动来找我了啊。"

听她的语气，仿佛早就料到我会过来一样。

"没什么好隐瞒的，都可以告诉你。"

朝阳的反应仿佛在向警察招供一样。

"其实我原本是想主动拜访丽子律师的。"

我俩并排坐在长椅上，我偷偷瞥着朝阳的侧脸，只见她脸上带着健康的晒痕，眼睛下方却有轻微的黑眼圈。

"荣治死后，由我负责给他做死后护理。死后护理，就是将死者身体清理干净的工作。"

朝阳从容不迫地讲了起来。

一月三十日早上八点，因为没排班而待在家里的朝阳接到了滨田医师的电话，得知了荣治的死讯。于是身为专属护士的朝阳便立刻赶往荣治的住处。当时有滨田医师、真梨子与雪乃三人在场。

"滨田医师确认荣治死亡后，为了开具死亡诊断书，他立刻赶回了医院。随后医院派了一辆车来，将荣治的遗体运了过去，而我也是在医院完成的死后护理。"

说话时，朝阳始终用僵硬的表情盯着自己的膝盖上方。

"死后护理"这个词听起来文雅，实际上要做的却是清理死者体内的食糜与排泄物，为死者的肛门填充脱脂棉等工作，恐怕是相当令人不好受的。

朝阳是荣治的最后一任女友。面对男友的遗体，究竟要有着怎样强大的神经，才能完成这样的工作啊。

光是想到这些我心里都有点发毛。此时我不禁想起纱英在森川药业对我说过的话——"死掉的可是和你关系亲近的人啊。精神正常的话，就算是工作也应该有所抵触吧？"

对朝阳来说，这是她的工作。正如我的职业是律师一样，朝阳的职业是护士。因此，她或许也只是在完成自己的工作而已。

"这是我唯一能为荣治做的事了。"朝阳颤声说道，"或许你会说我怀有私心，但我在给荣治擦拭身体时的确比往常要更加仔细，也因此发现了一般情况下可能无法发现的信息——当时我在荣治左腿大腿根处，发现了一处注射的痕迹。"

"注射痕迹？不是治疗流感而留下的吗？"我插嘴问道。

"不会的。"朝阳摇了摇头，"没有什么治疗会在那个位置进行注射。我把这件事汇报给了滨田医师，但最终也没能弄清那到底是什么。"

我不禁疑惑万分。如果发现了这样的痕迹，院方通常会认为事有蹊跷，继而对遗体进行解剖。但我问过朝阳后她却回道："由于法医人才不足，全日本尸体的解剖率还不足百分之一。"

不到百分之一的比率，与日本刑事审判中被告人被宣判无罪的比率基本相当。我很清楚，这是一个近乎令人绝望的数字。

"方便些的检查都已经做过了，但最终依旧没能确定死因。滨田医师说即使进行解剖，也多半无法查清死因，而且这样做既会无谓地扰乱死者家属的心神，也会伤害荣治的遗体，因此还是算了。"

"这样真的合适吗？"我直截了当地说出自己的看法。

我觉得身为专业人士，不该如此感情用事，而应该彻底查清真相。至少如果是我的话会这样做。

朝阳握紧了拳头。

"我也感到无法接受，因此和滨田医师商量过好几次，但他对我毫不理会，所以我偷偷给那处针痕拍了照片。本想立即交给警察，但滨田医师全力阻止，我才没能做到。"

朝阳说她与体弱多病的母亲相依为命。为了生活，她不分昼夜辛勤地做着护士的工作，由于是非正式员工，所以只能领微薄的薪水。但在成为荣治的专属护士后，她得到了滨田医师的关照，也成了医院的正式员工。

她说滨田医师威胁过她"要是把这件事情闹大，别说正式员工的身份，你连工作也别想要了"。可能是因为院长竞选在即，如果负责的患者离奇死亡，自己的声誉会受到影响，所以滨田医师想要尽量避免。

话虽如此，如果我遇到这种威胁，恐怕不但会报警，甚至反过来会将这个当作把柄威胁对方。这一定是因为朝阳的性格不像我这样富有进攻性，而是偏防御性。所以面对威胁，她才会更加习惯于退缩和忍耐，而不是奋起反击。

"但是昨晚因为村山律师的死，我也被叫去问讯。警察就在眼前，我顿时感到机会难得，要是不把这件事说出口我就既不配做护士，也不配做荣治的女友了。于是就把刚刚说的事情告诉了他们。"

她说，想趁着自己的决心还没被磨灭，把心一横，于是连照片也一起交给了警察。

我注视着心地善良的朝阳的那张圆脸，不禁对她心生敬佩。柔弱者也有属于自己的战斗方式。面对深不见底的峡谷，我的选择是一跃而过，而她尽管心怀畏惧，最终也依旧迈出了步伐。

"了不起，你拿出了自己的勇气。"看朝阳一副泫然欲泣的样子，我不禁摩挲着她的后背，"原来如此，因为在荣治的遗体上发现了可疑的针孔，警察才会有所行动。"

我在脑海中回想着朝阳说过的话。面对一个留下古怪遗书、在社会上闹得沸沸扬扬，而且尸体上留下了可疑痕迹的死者，警方就算想装傻也装不了了。

不过，他们又是怎样得知我作为代理人参加过凶手评选会这件事的呢？

"对了，刚才你说想主动找我，这是什么意思？"我试探性地问道。

朝阳抬起头来："丽子律师，求求你。我希望你和我一起找出杀害荣治的凶手。"

"就凭我们两个寻找凶手？"我反问道。

"是的。荣治真的是因为流感而死的吗？他腿上的针孔看上去还很新，我想一定另有缘由。"

我有些为难。

我本来就在以代理人的身份参加凶手评选会，而"荣治因染上流感而死"则是整件事的前提。尽管凶手评选会的本质就是董事们的"新股东评选会"，但如果让人知道荣治的死另有原因，还是会为我的工作带来不少障碍。

即便荣治的死真的另有原因，揭露真相也只会与我的工作目标背道而驰。

不过，既然朝阳会对我如此提议，就说明她还不知道我以代理人身份参加了凶手评选会的事。看来向警方泄密的并非朝阳。

知道这件事也算是一种收获，但我依旧不能被朝阳的几滴眼泪轻易打动，更不能傻乎乎地去帮她寻找凶手。

"你已经把知道的事都告诉给警察了吧，让他们去抓凶手不就好了？"我随口敷衍了几句。

朝阳突然睁大双眼，嘴巴也抿成一条直线。仿佛又做出了一个决定，她慢慢开口说道："因为我向警方告密，刚刚警察来医院将滨田医师带走了。走出诊室时，滨田医师瞪了我一眼，想必已经猜到我将针孔的事说出去了。等他被警方释放，我一定会立刻被医院辞退。"朝阳握紧拳头，放在自己的膝盖上，"虽然已经做好了心理准备，但如果我付出了遭到辞退的代价，最终却没能查出荣治死亡的真相，未免太不值得。"

说罢，她看着我笑了起来。

直到这时我才突然发现，我对她的笑容有些缺乏抵抗力。

方才被刑警逼问时，我会与他们针锋相对；但当朝阳微笑着请求时，即使与职责相左，我也忍不住想要帮助她。这种情况或许就像《北风与太阳》[1]这个寓言里所讲的一样吧。

不过话说回来，我当然也不可能为此而放弃工作，背叛自己的委托人。

最终我还是打消了帮助她的想法。

"还是多考虑考虑吧。你为自己被辞退感到不值，这种情况在经济学领域中叫作'沉没成本'。已经投入的费用即使退场也无法挽回，但如果坚持下去，还得投入更多的资金与劳力，

---

1 《伊索寓言》中的一则故事，暗含仁慈与温和胜过严苛与强迫，用温和的方式更容易达到目的的道理。

导致损失越来越大。像这样想要挽回既有的损失却加重了损失的情况，在心理学领域中被称作'协和式飞机效应'[1]。"

我口若悬河地讲着，但朝阳只是笑吟吟地望着我。

"听懂我的意思了吗？你应该尽早接受被辞退的现实，别去找什么凶手，而是赶快再找一份工作。"

朝阳终于还是没有忍住，扑哧一声笑了出来："丽子律师对委托人可真是认真负责啊。正因如此，我才会觉得你值得信赖。"

我大吃一惊，立即反问道："什么意思？"

"丽子律师，你曾以代理人的身份参加过凶手评选会吧？"只见朝阳对我怒目而视。

"为什么会这么想？"我立即再次反问。

"昨天你和富治不是谈过这方面的事吗？就在那栋别墅的客厅里。"

我突然想起了昨天发生的事。

当时我们在客厅里等待雪乃到来，富治提起这方面的事，我一不小心就接了话头。由于待在荣治的别墅里，身边又是富治、纱英等人，就不小心以为周围只有森川家的人了，然而当时还有朝阳这位"无关人士"在场。

我为自己的失误而感到震惊。

1　在阐述沉没成本时常常被提到的概念。由于英、法两国政府在联合开发大型超音速飞机的过程中意识到今后将无法盈利，但放弃开发就损失了已经投入的成本，所以只能继续投入而得名。

"那么把这件事告诉给警察的人……"

"就是我。"朝阳用一副满不在乎的语气说道，"为了方便破案，我把昨天看到的、听到的全部告诉给了警察。只不过我不知道丽子律师的委托人是谁，所以警方应该也不清楚。"

我轻轻闭上双眼，将昨天发生的事大致回顾了一遍。确实，我应该没在朝阳面前说过会暴露委托人身份的话。

如果荣治的死真与那个针孔有关，那么即使筱田委托人的身份遭到暴露，他也不会被当作杀害荣治的真凶。这一点固然很好，然而最坏的情况是——荣治的死因依旧被认定为患了流感，同时筱田的身份也遭到了曝光。倘若如此，筱田是有可能遭受到刑事处罚的。

"我想让丽子律师帮我寻找凶手，但没说不给报酬。"朝阳松开拳头，食指交叉，"就算抓到真凶，他也很可能无法获得荣治的遗产，而我则会尽量帮助你的委托人获得遗产。虽然荣治在遗书里说要把遗产送给凶手，不希望凶手受到惩罚什么的，我的想法却正好相反。我希望凶手一分钱都拿不到，而且要受到刑事处罚，偿还自己的罪孽。"

我望着朝阳的侧脸，只见冬日的阳光照在她脸上，那对圆溜溜的眼瞳仿佛满月一样迷人。

"要是我说不呢？"

"那我就把这件事曝光到网上，宣称'剑持丽子是个想与杀人犯分享死者遗产的缺德律师'。"

"哈哈哈。"我不禁放声大笑，"知道了，我会帮忙寻找凶手，不过荣治的遗产一定要归我所有……不，是归我的委托人所有才行。"

听了这句话，朝阳嫣然一笑，欢呼道"太好了"，继而张开双臂拥抱过来。

"干什么呀你，别这样。"我一边推开她，一边在心里嘀咕——真是的，根本抵抗不住她的笑容。

3

当晚，我与工作结束后的朝阳凑到一起。

"唉，真是的，网上连情报站都有了。"朝阳开着小型汽车，我坐在副驾驶席上摆弄着平板电脑，漫不经心地嘀咕着，"死后留下神秘遗书的贵公子，森川荣治。其顾问律师遭到杀害，遗书也被盗走——一般来说，警方的搜查工作通常会保密，可这次却对媒体透露了这么多。"

谈论片刻之后，我们决定去一趟雪乃家。

为了确定死因，首先要了解遗体被发现时的状况。据说荣治遗体的第一发现者就是真梨子和雪乃。如果是这样，去找雪乃自然更加方便，也更容易打听出消息。

到达雪乃家后，我注意到拓未的汽车不在，可能他不在家吧。我们按响了门口的对讲器，过了一小会儿，里面传出声音："请问您是？"

她的声音听上去似乎有些畏惧。

雪乃说过拓未经常出差不归，今晚恐怕也是如此。这种时候突然有不速之客来访，产生警备心也在所难免。

"雪乃女士，打扰了，我是剑持丽子。我错过了回东京的车，方便的话能再留我住一晚吗？"我理直气壮地提出了这个厚颜无耻的要求。

"咦……丽子律师？啊对，是你。"

应该是通过对讲器上的摄像头确认了我的身份，不一会儿门开了。看到来访的不只是我，还有朝阳的时候，她被吓了一跳。

雪乃似乎对大晚上站在门口讲话有所顾忌，因此尽管有些为难，但还是将我们请进了屋。

我丝毫没把自己当成外人，迈开步子熟门熟路地向客厅走去，大大咧咧地往沙发上一坐，还呷了一口雪乃倒来的香草茶。

"请问，今天有什么事……"雪乃的眼神疑惑地游移着，同时开口询问。

朝阳端正地坐在沙发上，先是轻轻行了一礼，随后开口说道："冒昧打扰到你了。我们这次过来是想确认荣治的死因，可以请你讲讲荣治去世时的状况吗？"

雪乃的神情一瞬间阴郁不安起来。

"雪乃女士，你和真梨子女士是最先目睹荣治遗体的人吧？"

朝阳说完后，雪乃点头表示肯定。苍白的脸色配上苍白的肌肤，她看上去更像幽灵了。

"当时荣治的情况是怎样的呢？"

"情况怎样……"只见雪乃蹙起了那对纤细而秀美的眉毛，"当时以为荣治睡着了，但走近一看，却发现他一动不动……用手在他脸上探了探，连呼吸都感觉不到。再用手背触碰，他的皮肤已经冰凉。我当时被吓得连连后退……"

"当时真梨子女士是什么反应？"

雪乃脸上一瞬间露出娇嗔般的表情，继而瞪着我说："我怎么知道，当时我都吓傻了。"

换作一般人，被雪乃这样冷言冷语地抢白一番，想必会惊慌失措，不住地向她道歉。然而我不为所动。

"是一月三十日几点的事？"

"应该是早上七点左右。"雪乃思索片刻后慎重答道。

"为什么你要一大早去找荣治？"我交叉着胳膊问道。

"你问这个干吗？"雪乃反问道。但她的反应看上去更像是在为自己争取思考的时间。

"别问原因，快告诉我。"

被我正颜厉色地一喝，雪乃不禁用手捂住嘴巴，一副受了打击的样子。想必过去从未有人用如此强硬的口吻对她下命令吧。

"这个，因为……"雪乃的脸上露出一副为难的表情，"当时荣治举行完三十岁的生日派对刚过不久，婆婆想要和他谈谈给来宾们寄感谢信的事。当天我没什么事，所以她叫我一起过去……"

我像个盯着坏学生的老师一样盯着支支吾吾、含糊其词的雪乃。

她似乎不太擅长撒谎，又或者说是为人笨拙、不善言辞，所以才会产生一种令人看不清她所思所想的神秘气息。而男人对这种气息通常没什么抵抗力。

她知道一些内情，却又在隐瞒。

我原以为在她这儿问不出什么有用的消息，顶多了解一下尸体发现的经过，没想到却有意外收获。

我用眼神催促着朝阳，她心领神会地点点头："有件事想向你请教。"

接着，她告诉雪乃自己在荣治左腿内侧发现了一处针孔，怀疑存在他杀的可能性。

听完这件事，雪乃的样子越发古怪，一双细长而清秀的眼睛也睁得大大的。尽管如此，她的眼里依旧一片空洞，只是茫然地望着自己叠在膝盖上的双手。而那双手如今正微微颤抖着。

将这一切看在眼中的我，不禁有些同情起她来。过去在一起刑事案件的辩护过程中，我也见过与她此时相同的反应。当时犯罪嫌疑人听说共犯被捕，想要极力抑制感情，保持平静，但越是这样做，内心的感情就越容易被人看穿。

沉默几分钟后，雪乃突然对我说道："是我杀害了荣治。"

朝阳和我面面相觑，然后同时从嘴里冒出一句——"啊？"

虽然我估计她知道什么内情，但完全没想到会是这样。

"雪乃女士，你的意思是……？"朝阳的声音颤抖着。她曾以护士的身份多次来森川家，想必在案件发生前就已经认识雪乃了，因此显得更加惊讶。

雪乃摇了摇头，仿佛想甩开什么东西。一缕乌黑的秀发垂到额头上，莫名显得有些妩媚。

"荣治使用了肌肉达人Z，并因其副作用而死。这一切都是我的错。"

"肌肉达人Z？"朝阳睁大了眼睛。

这个词似乎在哪儿听过。

在大脑中搜索一圈后，我终于想了起来。

尽管已经时隔许久，但我在参加凶手评选会前曾调查过这个东西。

那是森川药业即将发售的、能从基因层面上强健肌肉的新药。难道说这种新药带有副作用吗？

"都怪我，荣治才会使用那种药。"雪乃用颤抖的声音讲述起事情的原委。

患上抑郁症后，荣治饱受精神折磨，终日万分痛苦。这种状况雪乃只是看在眼中都感到无法忍受，这也是她当初离开荣治的原因。

其实她依旧对荣治的病情放心不下，可既然已经放弃荣治、选择了拓未，自然也就没有脸面再去见他。

雪乃说正因为这样，她每天早晨都会偷偷溜进荣治家，看看他的身体状况。荣治睡前要服用安眠药，因此不会醒得很早，所以等到探望完毕，她总是把房间稍微打扫一下，再回到自己家正常生活。

所幸别墅平时不会上锁，巴卡斯与雪乃非常亲近，所以也不会叫。

她把这件事当成只属于自己的秘密，日复一日地默默关怀着荣治。

"我心里有种负罪感。我是在荣治刚刚患上抑郁症时和他分手的。大家说得没错，是我抛弃了他。"

而每天早晨看望荣治，替他打扫一下房间，这种行为稍稍减轻了她心中的负罪感。

原来如此，怪不得筱田说荣治觉得"早上起床时发现房间里的摆设发生了细微的变动"。原来是雪乃的行为所致。

然而在一月三十日那天清晨，她一如既往地溜进别墅后，发现荣治的样子有些古怪。

他的被子乱糟糟的，手里还握着注射器。

走近一看，雪乃发现那正是肌肉达人Z的注射器。尽管她从未接触过森川药业的经营事宜，但新药注射器的照片经常出现在媒体的报道中，所以她很熟悉这种形状特殊的注射器。

雪乃立刻察觉到荣治给自己注射了肌肉达人Z。

再靠近一看，她发现荣治已经停止了呼吸。

"是他自己注射的吧？为什么你会认为是自己的错呢？"我插嘴问了一句。

雪乃露出一副似哭非哭，又如鲠在喉的表情："与荣治分手时，我不忍心对他说'分手的原因是你得了抑郁症'，于是只好表示'因为我不喜欢没有肌肉的男人'。随后我便与体格健壮的拓未开始了交往,还说过'男人就该有些肌肉'这样的话。"

我不禁目瞪口呆——这也未免太荒唐了。

朝阳却接过话头:"他和我刚刚交往的时候也说过'我没什么肌肉,你会嫌弃我吗'这样的话,原来是因为这个。"

"不不,都老大不小的人了,应该不至于为了肌肉就……"我插了句嘴,但看到她们两个脸上都挂着严肃的表情,便没有继续说下去。至少荣治当初真的在为这件事而烦恼。

总之,雪乃似乎认为责任都在自己。她原本就对荣治怀有负罪感,所以荣治身上发生再小的问题,她也可能会认为是自己不对。

平时只会在别墅里待上十分钟左右的雪乃,那天被吓蒙了,手足无措地在房间里转来转去。

没过多久,与荣治约好见面的真梨子来到别墅,与雪乃碰了个正着。

见到荣治的状况真梨子也很慌张,但她的慌张另有原因。

表面上肌肉达人 Z 的研发计划由她的丈夫定之专务一手操持,然而计划的实际推行者却是她的儿子拓未。真梨子本人虽然与森川药业的经营无关,但想必也从定之口中了解过儿子的优异表现。

而一旦荣治的死被公之于众,肌肉达人 Z 有着高度致死性的事情得到证实,不但定之会脸面丢尽,连拓未的前途也会受到影响。

于是真梨子说服雪乃，隐瞒此事。

所幸荣治身患流感，只要处理掉注射器，他在人们眼里就只是因病而死。于是她吩咐雪乃处理掉注射器，自己则去联络滨田医师。

就这样，滨田医师开具了荣治是因流感而死的死亡诊断书，这件事情便暂时尘埃落定了。

"你没想过他的身上会留下注射痕迹吗？"

被我这么一问，雪乃像寻找借口般地回答："我大致看了一眼荣治的身体，没有发现什么伤痕。当时我只想着处理掉注射器应该就可以了，没有多余的时间脱掉他的衣服仔细检查。"

雪乃叹了口气："我会向警察坦白这件事的。"她的语气轻快起来，仿佛终于得到了解脱，"今天早晨在警察局接受问讯时，我感到实在说不出口。要是肌肉达人 Z 有副作用的消息被公之于众，新药恐怕会中止开发或是延期发售，拓未的前途也会受到影响。"

的确如此。站在雪乃的角度上说，前男友死亡的真相与丈夫的事业，她只能选择一个。

"但如果真相始终隐藏于迷雾当中，荣治一定会死不瞑目。我觉得没有比这更对不起他的事了。"

雪乃的眼角湿润了。我像在自家一样，从茶几上的纸抽里抽出纸巾递给雪乃。

"你把这儿当成自己家了吧，真是一点也不见外。"雪乃笑了。

第二天上午十一点，朝阳和我在警察局的停车场里等雪乃出来。明明住在这种离开汽车就寸步难行的地方，雪乃却没有驾照。可以想象，这种事事需要依赖他人的女生的确更容易受到男人的青睐。

"不知道雪乃女士是否开得了口。"我不经意间说了一句。

朝阳点了点头："我觉得没问题。虽然雪乃女士看起来不太靠谱，实际上却不是这样。"

的确，纱英也评价过雪乃，看上去一副弱不禁风的样子，实际上却很有自己的主意。

"不过话说回来，如果荣治真的是因为肌肉达人Z的副作用意外身亡，那不就代表凶手其实并不存在？"朝阳似乎还在关心我作为"凶手代理人"一事。

"是啊。如果并非他杀，荣治的遗产就要上交国库了，但这件事对森川药业的董事们来说是个天大的麻烦。与其任其发生，他们宁肯选个明白事理的人来继承这笔遗产，也能让公司的经营更加稳定。我会沿着这个方向去说服他们的。"

金治总裁和平井副总裁已经基本认同了我的计划，现在只要能说服定之专务就够了。

在这次事件中，肌肉达人Z的副作用一旦被公之于众，森川药业的股价必将再次暴跌，负责推进新药开发的专务派也将受到沉重打击。再加上定之专务的妻子真梨子曾隐瞒药物有副作用，定之专务本人有可能为此担责。

与其他两大阵营相比，定之专务派的实力将被削弱。这一情况将大大有利于我。

"不过我还是有点想不通。"朝阳疑惑地说,"当时荣治的身体状况已经差到了极点,连饭都吃不下,哪怕放着不管都可能随时丧命。因此就算再怎么想锻炼肌肉,也不至于在那种时候注射肌肉增强剂吧?"

听了朝阳的话,我觉得言之有理。我不了解荣治去世前的状态,因此也无法想象他当时的身体状况究竟差到了怎样的程度。但如果对荣治进行贴身护理的朝阳都这么说,的确会让人觉得事有蹊跷。

"那个药本来就是面向肌肉衰退的老年人群体开发的,难道说荣治感到自己体力衰退了?"尽管嘴上这么说,我还是不太确定。

正当我将手肘支在副驾驶席上陷入沉思时,突然——

砰砰砰。

一阵敲玻璃的声音传来,吓得我差点一跃而起。

受到惊吓时我不会大叫,但身体会不由得变僵硬。

往窗外一看,一个病恹恹的男子正在望着车内。

原来是富治。

我松了一口气,继而打开车窗。

"可以不要突然敲窗户吗,吓死人了。"我轻轻抱怨了一句。

"我在远处就挥手了,可你们没注意到。"

富治说自己今天刚刚接受警方的问讯。除了村山的案子,警方还问了关于荣治的事。

"你们呢？丽子律师不是已经回东京去了吗？"

我将自己和朝阳正在调查荣治死因、昨晚雪乃问我问题，以及在雪乃家留宿的事讲给了富治听。

"要是这样，我有话想对你们说。"富治说着，向四周打量了一圈。

此时，刚巧雪乃结束问讯，从警察局门口走了出来。

"待会儿你们能到荣治的别墅来一趟吗？我们在那里谈。"

"有话直说。"我讨厌做事慢吞吞的，于是直截了当地回道。

富治瞥了一眼走向这边的雪乃，压低声音说："雪乃在这儿，不太方便说话，到时候最好就你们两个过来。"

说罢，富治匆匆离去了。

雪乃带着疑惑的表情坐到后座上。

"咦，富治找你们干什么？"她随口问了一句，但似乎对此并不关心，也没有多追究什么。

我和朝阳把雪乃送回家后，随即前往荣治的别墅。

雪乃家与荣治的别墅相距不远，步行也只需五分钟，开车反而费事。这下我理解雪乃为什么每天早上都能去荣治的别墅了。

不过我有些好奇——朝阳是荣治的最后一任女友。当她得知荣治的前任女友雪乃住得如此之近，还每日定点前来探望后，不会觉得别扭吗？看来朝阳并不像纱英那样会与其他女生争风吃醋。或许她天生就不喜争斗，是心胸宽广的人。

先一步到达的富治已经打开了别墅里的暖气，正在客厅里面等着我们。

我抢占了客厅里看上去最舒服的那张铺着天鹅绒的沙发。朝阳依旧坐在"下座"的那张凳子上，后背挺得笔直。

"然后呢，你想说什么？"我问了一句。

富治用手托着下巴回道："是竞争性馈赠。"

我记得"竞争性馈赠"是文化人类学者的研究对象。

为什么突然提这个？我不禁有些诧异。

"荣治留下那样的遗书，你觉得他有什么用意？"

富治直勾勾地盯着我的面孔。尽管面容依旧像只病恹恹的斗牛犬，但他的瞳仁却无比清澈，闪耀着理性的光辉。

突然间，荣治遗书里的话在我脑海中闪过——

我的一切财产，全部转让给杀害我的凶手。

这是我对凶手的报复。

给予即是剥夺。

"你的意思是，这是荣治对凶手的竞争性馈赠？"

听了我的话，富治点了点头："只能这样认为。我和荣治曾经就竞争性馈赠做过一些讨论，因此他对这一概念也是耳熟能详。"富治用充满自信的声音继续说，"打算用凶手永远无力偿还的赠礼来将其击垮——这是荣治唯一能做到的报复。"

"呃……"我打断了富治的话，"可是所谓的竞争性馈赠，不是要向对方多次赠礼，并逐步提升礼物的价值吗？像这样一口气砸过去一大笔钱，好像不太符合竞争性馈赠的概念吧？"

富治心满意足地微笑道："不愧是丽子律师，真是一针见血。"他拿出大学教授的语气说道，"不过这样做反而更加有效。将无力偿还的恩情狠狠砸在对方脸上，借由对方由此产生的负罪感与歉疚感来侵蚀其内心，这正是竞争性馈赠的本质。"

我偷偷往凳子那边看了一眼，发现朝阳也探着身子，似乎听得有些入神。

朝阳前天也听到了富治在这里谈过有关竞争性馈赠的内容，因此应该也能理解刚刚那番话的含义。

"只要恩人还活在世上，能向他报恩的一天总会出现；但如果恩人死去，这份恩情就再也无法偿还了。用这种方法，就能将接受赠礼的人置于'不胜之地'。这样想来，遗书确实是很适合进行'竞争性馈赠'的形态呢。"

从理论上来说的确有这个可能，但荣治会为了一个如此抽象的概念，就把事情搞得这么大，将这么多人都牵扯进来吗？

正当我想到这里，朝阳在一旁开口道："难道说荣治预感到了自己会被人杀害？"

"是啊。"我附和了一句，"而且奇怪的遗书正是在荣治死亡的前几天立下的，难道说他可以未卜先知？"

村山或许知道答案，但如今再提这个已经迟了。

"是拓未那家伙，是他杀害了荣治。"富治双臂交叉，低声说道。

"咦，拓未？"问出这句话的同时，我望了望朝阳。只见她也是嘴巴微张，看上去无比惊愕。

"应该不至于吧？"朝阳小声问道。

"不，凶手就是拓未。为了向拓未复仇，荣治才会留下遗书，用竞争性馈赠来对付他。"富治斩钉截铁地说，"那家伙一定有所图谋。拓未和村山律师多次拜访过荣治，还偷偷地和他谈论些什么。而在荣治去世的前几天，也就是一月二十七日夜里，他们三个长谈了好几个小时。后来荣治和村山律师就接连死去了。"

"一月二十七日，也就是第一封遗书完成的日期。而第二天一月二十八日，第二封遗书也完成了。"我回忆着当时和筱田一同注意过的遗书落款处的日期，继而补充道。

"但是拓未的阴谋到底是什么？"朝阳插嘴问道。

"这个还不清楚。"

富治一本正经地说出这句话来，我顿时大跌眼镜。

"咦，还不清楚吗？"我有些无语。

"不过，拓未与荣治是事业上的竞争对手，如果荣治死了，拓未将是最大的获利者。而且——尽管不太了解详情——拓未过去曾以工作为名，厚着脸皮向荣治要过不少钱，简直是在向荣治任意索取。"

富治的话里处处流露出他对弟弟荣治的哀悯，以及对将荣治吃干抹净的拓未的厌恶。

"你怎么看？"我问朝阳。

朝阳深吸了一口气，继而慢慢开口说道："怎么说呢。虽然我不太了解工作方面荣治怎么想，但他平时话里话外总提到拓未，还经常以一副自豪的口吻夸拓未精明强干。所以我不觉得他俩关系很差。"

富治摇了摇头："荣治是个老好人，平时既不嫉妒他人，也不与人发生争执。所以拓未才借此来利用他。"

我也隐隐约约回想起荣治的为人——他的确是个极度乐观而自恋的男生，所以从不自惭形秽，也从不对我低声下气。正因如此，我们才能顺利相处。

我隐约察觉到，从出生的那一刻起，荣治就受到了哥哥富治与双亲无微不至的疼爱，因此才会有着极高的自我认同感。

"嗯……"我低声沉吟，胳膊交叉在脑后，抬起头望向天花板，"就算是拓未杀害荣治的，也没必要特地使用肌肉达人Z吧？毕竟如果新药出了问题，最麻烦的人就是他。"

"他是故意的。"富治立即反驳道，"这样他就能让自己优先解除嫌疑了。"

我闭上双眼仰起头来。尽管明白富治话中的道理，但这样争执下去就没完没了了，而问题也依旧得不到解决。

就在这时，外面传来一阵声响。

我睁眼向窗外望去——

"巴卡斯！"

一个男孩的声音响起。

"是小亮啊。"朝阳脸上的表情缓和下来。

我走到窗边，望向院内。

小亮正牵着巴卡斯向狗屋走去。

"啊，原来是遛狗去了。"

巴卡斯一边不停地摇着尾巴，一边环视四周。紧接着，它似乎看到了站在窗边的我，又开始一个劲儿地高声吠叫起来。

小亮左手拼命拽着拴绳，想将巴卡斯的注意力从我身上转移开来。

"真是的，那条狗为什么偏偏对我戒心这么重？"我发牢骚道。

朝阳微笑着说："小亮说要纠正左撇子，可这会儿还是下意识地用左手拽绳子。"

听到这句话，我不禁一愣。

为什么之前没有注意到？

仿佛被人兜头浇了一盆冷水，我的困意霎时间飞到九霄云外，头脑也彻底清醒了。

"对了。"我向朝阳望去，"荣治腿上的针孔是在哪条腿上？"

其实我记得答案，但还是忍不住想再问一遍。

朝阳似乎有些疑惑，打开手机相簿看了一眼。

"我看一下，是左腿内侧。怎么了……"说到这里，她突然也愣住了，紧接着她睁大双眼，"对了，荣治在家里是惯用左手的。"

我点了点头："没错，明明是左撇子，却在自己的左腿上打针，恐怕不太合理吧？这说明是有人把注射器塞到他右手上，然后在他的左腿上打了针。而凶手是一个不知道荣治是左撇子的人。"

朝阳用手摸着下巴，心神不定地在客厅里转悠起来。

"我想想，雪乃女士应该知道荣治是左撇子。"

"嗯，毕竟那天拔草时，最先说到荣治是左撇子的人就是雪乃女士。她应该早就知道荣治是左撇子。当她发现荣治死亡时，也是因为看到荣治把注射器拿在右手，才会立刻感到奇怪吧？就算当时由于震惊没能注意到这件事，可过后应该也会想起来的。"

对话过程中，我又想起一件事。

那天，当我和朝阳谈起荣治在家里会用左手的话题时，雪乃的脸上曾经浮现出突然回忆起某事的表情。或许雪乃就是在当时注意到荣治是被人杀害的。

虽然雪乃女士看起来不太靠谱，实际上却不是这样——朝阳说得确实没错。

"这样一来，雪乃女士……"

"雪乃应该早就知道荣治的死是他杀了。但她还是向警方表示是荣治自己使用了注射器，究竟是为什么……"

"这不是一目了然吗？"我打断了朝阳的话，"不是隐瞒自己的罪行，就是包庇他人。既然雪乃女士早就知道荣治是左撇子，就绝不会犯下让荣治右手持针的失误。也就是说，雪乃不会是想隐瞒自己的罪行。这样一来，就一定是在包庇某人。而她会包庇的人只有一个。"

"难道是拓未？"听到这里，朝阳接过了话头，"就连纱英都不知道荣治是左撇子，拓未就更不知道了。"

朝阳与我对视一眼，继而一同望向富治。

富治赞许地点点头："就说了是他。"

回头想想，前天晚上雪乃还打听过我和拓未在一月二十九日深夜时的行踪。当时我还以为她单纯是在怀疑拓未出轨。

然而现在想来，或许是雪乃出于某些原因不得不怀疑拓未是杀人凶手，因此试图调查拓未的不在场证明。如果当时拓未是和我一同待在帝国酒店，至少意味着他的不在场证明成立了。

——可以告诉我实话吗？我不会生气的。

尽管丈夫有外遇的可能，但如果能让不在场证明成立也是好的。原来雪乃对我说出那句话时，怀着这种复杂的心情啊。

就在这时，口袋里的手机振动起来，我掏出来一看，是前天晚上我委托的侦探事务所发来了回信。

调查报告

尊兄剑持雅俊，于××大学经济学院在读期间，与森川拓未属于同一研究小组之事，确认无误。

若需更加详细之调查，请另汇调查费……

大致读过一遍后，我不禁心跳加速。

雅俊的未婚妻优佳曾向我发牢骚说，从雅俊的口袋里发现了帝国酒店的收据。但我就知道，凭公务员那点微薄的薪水，怎么可能为了私事而去帝国酒店消费，十有八九是有公事和人商量。

　　再加上拓未笔记本上"帝国酒店，剑持"那一行字。

　　雅俊与拓未既是同年龄段的人，又同样以精英阶层的身份在东京念过大学，这样一来，他俩的人生有过某种交集就再正常不过了。而且两人都从事药品相关工作，有着相同的兴趣，那么他们曾属于同一研究小组的事也很容易理解。

　　最重要的是，雅俊的身份是厚生劳动省的干部。虽然他所属部门的名字太长，我已经记不得了，但的确是一个涵盖医药许可相关事务的部门。

　　有些事情还需要进一步确认，我决定明天就回东京。

第五章

去往国库的同路人

1

三月十四日，自上次碰面起过去了将近两周。

我坐在西东京市 [1] 站前的一家咖啡厅里。

旁边是小巧的车站大楼与商店街，不过再往远处走几步，就没有什么高楼，只剩住宅和田地了。

哥哥雅俊平日里就从这附近到霞关 [2]，进行两点一线的通勤，每天早高峰时挤车恐怕相当辛苦吧 ——光是想象一下，我都对他感到同情，不过也仅此而已了。

据说最近两周里，警方接连对滨田医师和真梨子进行了询问。

1　位于东京都多摩地区的城市。
2　指的是位于千代田区南端，从樱田门到虎之门一带，此处为日本政府机关集中地区。

滨田医师似乎接受过森川药业的贿赂，承诺从森川药业大量进购药品。看来，森川药业也同样抓住了他竞选院长需要大量经费的机会。

然后是荣治的死。

为了隐瞒因肌肉达人Z的副作用引发的事故，真梨子似乎又塞给了滨田一大笔钱，并威胁他如果不想让收受贿赂的事情公之于众，就别把荣治死亡一事闹大。

这件事登上了头版头条，森川药业的股价应声暴跌。被认为主导了行贿一事的定之专务也因此而担责，被迫辞去全部职务。

之前长野县的警察好几次打来电话，说要对我进行后续问讯。但在查明荣治的死亡是由肌肉达人Z所致后，警方就没怎么再来过电话，对我的监视似乎也少了。

后来朝阳又将荣治是左撇子的事告诉警察，但警方的调查计划并未受到影响。警方似乎将荣治认定为"双利手"，右手也算惯用手，因此无法排除使用右手注射的可能性。

等了差不多五分钟，身着土气西裤与格子衬衫的雅俊来了。我不禁感叹，我是如此靓丽，为什么哥哥却那么平平无奇？不过我平时就总这么想，因此也没过多纠结。

"难得丽子主动联系我。"雅俊四下里张望着。

我双臂交叉，跷起腿来，斜眼望着雅俊说："我找你只是为了一件小事。"

没必要和他进行什么多余的寒暄。

"一月二十九日晚上,帝国酒店,你和森川药业经营企划部新业务课的课长森川拓未见过面,对吧?"

三十多岁就当上了课长,说明他的升职路线畅通无阻。森川家族的血统固然是原因之一,但他本人应该也足够精明强干。

"为什么要问这种事?"雅俊轻轻挑了挑眉梢,似乎有些惊讶,但立马就用例行公事的语气回道,"工作上的事情不方便说,所以就不要再问了——无可奉告。"

他的语气里带着浓重的官僚气息。

我早就料到他会这么说,不过和雅俊打嘴仗,对我来说只是小菜一碟。

"对了,有样东西想给你看。"

我将一个信封轻轻地撇在桌子上。

雅俊疑惑地拿起信封,看了看里面的东西,脸色逐渐变得惨白。

"你……这个……"说着,雅俊再次张望着四周,似乎担心被熟人看见。

雅俊手中的照片是一对男女走进情人旅馆时的定格画面,这是我委托侦探事务所对他进行跟踪调查后拿到的。

我面不改色地说:"这张照片是一个熟人拍给我的,上面的男人和老哥你倒是很像,但旁边那位女士却不是优佳小姐。估计只是恰巧和你面容相似罢了。"

雅俊顿时被吓得倒吸一口凉气,但听完我的话后,又长长地舒了口气。

"那当然了，怎么可能会是我呢？"

他似乎没想到我这么好说话，于是松了口气。不过事情当然不会这么简单。

"太好了，那我把这张照片给优佳小姐看，应该也没什么问题。"

我捏住雅俊手中的照片轻轻一扯，他慌忙把照片夺了回去。

"为什么要给优佳看？"

"嗯？反正这个人不是老哥你，有什么不可以的？"我装傻充愣般说道。

"就算不是我，也不能故意拿给优佳看，让她产生误会啊。"

我歪着脑袋回答："可是我也很为难啊。优佳小姐似乎在怀疑你出轨，还拜托我要是发现什么情况就及时告诉她。所以就算找错了人，也得把结果汇报给她呀，受人之托，忠人之事嘛。"

我察觉到雅俊的额头上冒出了湿黏的汗水。

"你说的是真的？"

"什么是真的？"

"优佳怀疑我出轨。"雅俊的嗓音开始有些沙哑。

"嗯，她跟我说过你的行为有些古怪。我还劝她说一定是误会。总之我得把照片交给优佳小姐，告诉她虽然这个男人和你很像，但其实并不是你。"

"你……等等……"

雅俊的双手紧握成拳，微微地颤抖着。毫无特色的面孔涨得通红，连鬓角处的血管都变得清晰可见。

"究竟闹够了没有？从小你就总是碍我的事。"

我被雅俊的话吓了一跳。原本就对他漠不关心，所以我根本不记得碍过他什么事。

"我碍着你什么了？"我打岔道。

"我考上大学没过多久，你就考了个更好的；我考上公务员，你就当上了律师。每次我好不容易做出点成绩，你就总是迎头赶上，把我的风头全给抢了！"

雅俊自怨自艾般紧紧闭着眼睛。

看他那副模样，一股无名火腾地从我心底升起。

"少说那些梦话了！"

我猛地一拍桌子，狠狠瞪着雅俊。

他不禁被吓得连连后退。

"不要把你的自卑导致的问题归结于我！"我一把从雅俊手中夺过照片，"放心吧，这张照片我保准会送到优佳小姐手中。"

雅俊的口气顿时软了下来，恳求一般地说："是我错了，我只求你一件事，别把这件事告诉她。"

说罢，他突然弯下腰来，砰的一声把头磕在桌上。弯腰叩头，全套动作一气呵成，看来雅俊在工作中没少替那些大人物背黑锅。

"我从上学的时候起就一直喜欢优佳，好不容易才追到她，和她订了婚，我真的不希望这一切化为泡影。"

以雅俊的条件，追到优佳这样的女孩，的确很了不起。我甚至想要称赞他的努力，但听他这么一说，好像我是破坏他们幸福的罪魁祸首一样，让人很是来气。

"既然你这么喜欢她，又何必搞外遇？"

"当时真的只是顺势而为，是我一时冲动……"只见雅俊用整张脸在桌子上左右乱蹭。

"然后也是顺势而为，时不时去见自己的情人？"

"我都说了，真的只是一时冲动，我心里最重视的人还是优佳啊。"

我真替自己的哥哥感到丢脸。

据说在上学时不受欢迎的男生，等到进入社会，获得了荣誉与地位，也终于得到女人的青睐后，很快就会堕落成花心好色的浪子。看来此话不假。

"我再也不会犯错了。要是还有下次，随你怎么告诉优佳都行。"

我觉得既然话说到这儿，差不多也可以放过他了。

"这个嘛，倒也不是不能考虑。"我交换了一下抱在胸前的双臂，又换了一条腿跷着，"这么说来，优佳小姐说在你的口袋里找到了一张帝国酒店的收据。那家酒店贵得要死，去那里消费总不至于是为了工作吧？这个问题不搞明白，我还是放不下心来。"我装腔作势地继续说，"我再问一次，一月二十九日夜里，你和森川拓未在帝国酒店见过面，对吧？"

雅俊无力地点了点头。

2

"拓未是我学弟，上大学时和我同属一个研究小组，所以我们差不多一年见一次面。"雅俊说着，不住地用一只手去攥另一只手，"后来我被调到医药许可相关部门，与拓未的见面也就变得频繁起来。拓未不仅在经营管理部门工作，还负责推进新药的研发计划。"

我点了点头。

雪乃也说过，拓未在大力推进新药——肌肉达人Z的开发。

"拓未似乎利用自己手上的资金，收购了一家名叫'基因组Z'的公司股份。基因组Z股份有限公司在生物医药界也是家小有名气的创业公司，而且掌握着基因组编辑的高新技术，想收购它的股份是相当困难的。但拓未最终还是以对自己相当有利的条件，成功与基因组Z签订了股份转让合同。"

股东，简而言之就是一家公司的所有者。

股份转让合同，就是将公司从上一个所有者手中移交出去的合同。

如果一家股份公司的效益持续低迷，甚至有可能会被人以极其低廉的价格收购。但如果是拥有先进技术的公司，各方面的收购条件都会变得相当严苛。能谈出对自己相当有利的条件，看来拓未是有点手段的。

"随后，在基因组Z与森川药业的共同努力下，肌肉达人Z终于研发完成。两家公司的合作之所以如此顺利，或许正是因为拓未担任了基因组 Z 股东。"

"他的持股比例是？"我再次打岔。因为就算是同样持有股份，如果持股比例不同，对公司的影响也会有所差异。

"百分之五十。收购时似乎是百分之百，但由于企业发展顺利，需要筹措更多资金，所以后来又发行了新股。"

这倒也是。

由于创业公司信用不足，经常难以从银行贷款。这种时候就会依赖个人投资者或投资公司出资，并向其转让发行的新股作为回报。

对原本的股东来说，这样做相当于多出了新的股东，而且由于自己持股比例下降，在该公司的影响力也会随之下滑。不过，毕竟谁出钱多谁说了算，这在商业人士中是天经地义的规矩。既然想要资金援助，就只能降低自身影响力。

"出资者又是谁呢？"

雅俊的目光在半空中游移，仿佛正在苦苦搜寻记忆。

"这个……我记得拓未提过这个人的名字，是他的堂弟，前段时间好像去世了。"

"森川荣治？"我下意识地大声反问。

"对，应该就叫荣治。"

也就是说，肌肉达人 Z 研发的关键——基因组 Z 股份有限公司属于拓未与荣治两个人。

"当时拓未说有件事要和我商量，绝对不能让外人知道，所以我们就在帝国酒店的房间碰了头。他说与他共同持有股份的荣治留下了奇怪的遗书，基因组 Z 的股份可能会因此上交给国库。"

"上交国库？"

我简直怀疑自己是不是听错了。

荣治的确留下了古怪的遗书，而且基因组 Z 的股份也是他遗产的一部分，所以会按照遗书进行处理。

而遗书的内容是要将遗产送给凶手，在没有发现凶手的前提下，遗产才会被上交给国库。

"一家公司一半的股份被上交国库是件相当麻烦的事，所以拓未说他正在和财务局交涉，希望把自己持有的股份一并卖给国家。"

这件事我倒可以理解。

打个比方，太郎和花子两人共同经营一家股份公司，各自持有公司一半的股份。太郎和花子是老朋友，两人意气相投，平日里无话不谈，有什么事都会共同决定。但是有一天，太郎把自己的股份卖给了次郎，对花子来说，与陌生人次郎一起经营公司就要麻烦多了。

所以，花子可能会把自己持有的股份也卖给次郎，让公司只属于次郎一个人。

也就是所谓的"随售权"[1]。各个股东之间的合同里，都会有

---

[1] 对小股东的一种保护性权利，即小股东有权要求以同样的条件参与到大股东的股权交易中。例如，大股东找到一个买家，愿意高价买入其持有的股票，小股东也可要求参与到这一交易中。

这样的条款。

"所以他想和你事先通气，确保基因组 Z 公司股东变更一事不会影响新药许可证的颁发？"我预测出了事情的原委，于是抢先开口道。

"没错。其实按照规定来说，即使股东发生变更，也不会影响许可证的颁发，但此事还有一些政治力量掺杂其中，他这么做也算是以防万一。"

雅俊抱着胳膊点了点头，看着他脸上那副专业人士的表情，我心里有些不爽。

"企业的竞争对手也很可能趁着这个空当阻碍新药的发售，拓未似乎也在防范这部分人。"

"这个所谓的'事先通气'有多麻烦？"

"如果公司找负责人专门处理此事，要花两到三个月的时间。森川药业里似乎只有拓未一人在为这件事情东奔西跑。"

我抱着胳膊陷入了沉思。

站在拓未的角度上，我能理解他这种即使看到基因组 Z 的股东发生变动，也不希望影响新药发售，继而与雅俊事先通气的做法。

但我疑惑的是，为何他丝毫不考虑凶手获得遗产的可能呢？在他内心的剧本中，遗产上交国库似乎已经是板上钉钉的事了。

难道他早就知道荣治是病死或死于事故？又或者说，他认定凶手评选会无法选出凶手？

"话说回来，你们是几点离开帝国酒店的？"我还是有点关心拓未的不在场证明。

"这个嘛，我们先是谈了股权问题，又谈了一会儿药品成分，后来聊了聊研究小组里同学们的近况，还扯了些闲话，最后聊到挺晚的。虽然不记得具体时间，但应该过了半夜十二点。当时末班车已经没有了，只好打车回家，我还记得花了不少打车费。"

之前朝阳告诉过我，荣治的死亡时间推测在一月三十日零点至凌晨两点。

十二点多两人分别后再去轻井泽，就算开车走高速也得将近两个小时。如果道路顺畅，时间上或许勉强来得及，但想在凌晨两点之前到达轻井泽，依然相当难办。

我向雅俊道了声谢，随后便离开了。

最后我和他约好，暂时不会将外遇的事告诉优佳。

不过话说回来，我那个哥哥居然能干出外遇这种事，也是够惊人的了。

要问哪里惊人，自然是"被'公务员'这一名号吸引的女人比我想象中的更多"这件事了。换作是我，别说公务员，哪怕是首相或总统也会被我轰走。不过如果是富甲天下的石油大亨，倒也不是不能考虑。

第二天，我与筱田在老地方——文华东方酒店的休闲吧里碰头，向他汇报了迄今为止发生的一切。

为了防止被警探跟踪，我之前一直避免和他见面。但事到如今，我必须和他商量一下今后的行动方针。

筱田似乎费了很大力气才理解了我说的话，只见他用婴儿般圆滚滚的指尖抵着自己的鬓角问道："也就是说，荣治是因为肌肉达人 Z 的副作用而死，虽然警方认定他是自己注射的药剂，但从惯用手的情况而言，也不排除他杀的可能性。是这样吗？"

"没错。"我补充道，"由于荣治是基因组 Z 的股东，所以手上有肌肉达人 Z 的样品也很正常。荣治的别墅里似乎还有好几支同样的药剂。"

"原来如此。这样看来，还是他的表兄拓未比较可疑，可是拓未又有不在场证明。按他和你哥哥见面的时间来算，在推算的死亡时间里，他似乎不太来得及杀死荣治。这样一来，究竟谁能……"

筱田还没说完，我就打断了他的话头："在这种情况下，凶手是谁根本不重要。"

"咦，为什么？"筱田惊讶地问。

"知道作案手法不就够了？至于做法……之前我们说的是用传染流感病毒的方式杀害了荣治，之后需要改口，说是以注射肌肉达人 Z 的方式杀害了荣治吗？"

身为律师，我问了一个理所当然的问题，而筱田却张大嘴巴，一副无话可说的样子。

"小丽，难道你不好奇杀害荣治的凶手到底是谁吗？"

真是个愚蠢透顶的问题。

"当然好奇。但别的事不是更加重要吗？"

我不禁想起了朝阳，她应该还在执着地寻找凶手。这件事就交给她去办好了，我只要做好自己的工作就够了。

"我可是你的代理人啊。"

而且这件事关乎着我一百五十亿的报酬呢——我在心里嘀咕着。

"拓未确实可疑，最好能推翻他的不在场证明。要是能进一步抓住他的把柄，事态对我们会更加有利。刚刚说过，我已经在凶手评选会上得到了金治总裁与平井副总裁的认可，只要再得到定之前专务的那一票，事情就大功告成了。"

"这……这是什么意思？"

"别再问个没完没了了！非要我彻底解释一遍你才能明白吗？"我愤怒地向他吼着，甚至忘记了他是自己的委托人。

筱田先是被吓得猛一哆嗦，继而浑身都僵住了。尽管如此，他脸上的表情却无比和缓，我不禁在心里犯嘀咕——这家伙该不会是个受虐狂吧？

"只要能够掌握拓未杀人的证据，就能以此为把柄要挟定之前专务，问他到底是想让我的委托人做凶手，还是让自己的儿子做凶手。"

无论警方如何认定，只要获得金治、平井、定之三人的首肯，我们就能继承荣治的遗产。从对方的角度来看，相较将财产全部上交国库，将财产转让给一个对森川药业有好处的人，并与新股东搞好关系，无疑才是上策。

话虽如此，荣治的遗书至今仍旧下落不明，这一僵局才是棘手之处。尽管扫描件还在，但法院里那些老古董大多都更重视纸质文件，没有原件的遗书很难站得住脚。津津井律师想必也会针对这个弱点对我们加以攻击。这场事关遗书有效性的辩论，或许会对我方相当不利。

"小丽，"筱田垂下眉梢，脸上一副悲伤的表情，"还是算了吧。"

"啊，算了是什么意思？"

"我不打算继续追查这件事了。"筱田坚定地说道。这句话说得中气十足，十分响亮。

"算了是什么意思？离成功仅有一步之遥了！接下来只要说服定之前专务，再战胜津津井律师，就能拿到一百五十亿了啊！"

筱田摇了摇头："我不想要钱，我只想知道荣治身上发生了什么事。"

"你说什么……"

我一时语塞，万分惊愕地盯着筱田的面孔，不停地眨着眼。而这个胖乎乎的、巨婴一样的男人也在用他的小眼睛盯着我。我完全搞不懂筱田在想什么。

"一百五十亿就在眼前，你却不愿伸手去拿？真的只有一步之遥！难道说你觉得自己原本就很有钱，不需要更多了吗？"

筱田望着我，像是在望着一只可怜虫。

"有些事物比金钱更重要，但你恐怕无法理解这种心情。你是代理人，而我是客户，无法理解客户心情的律师，就只能被炒了。"

筱田从桌子上拿起账单，随即起身离开了休闲吧。

我瞠目结舌地望着筱田圆滚滚的后背逐渐离我远去。

我被炒了？

也就是说，我被解雇了？

也就是说，我成了遭到客户解雇的律师？

我的头脑一向转得飞快，如今却当场罢起工来。

身为专业人士，最难接受的就是专业性被人否定。哪怕是被男朋友甩、和亲人断绝关系，我恐怕也不会如此失魂落魄。被自己的客户开除，却令我体会到了从云端跌落到深渊般的绝望。

我究竟做错了什么？

不顾旁人的视线，我用双手抱住了脑袋。

为了达到目的，我不顾一切地努力至今。尽管手段不是那么光明，却也没有触犯任何法律。相反我还绞尽脑汁，尽力保护委托人的安全。可如今我不但没有得到感谢，反倒饱受苛责，我究竟做错了什么？

还说我是"无法理解客户心情的律师"？

这句话比听到过的任何评价都更令我备受打击。无论是被法庭上的辩论对手驳斥，还是被涉案者痛批，我一向都淡然处之，但我唯独不能接受的是被自己的委托人在背后捅刀子。

筱田想要的难道不是那一百五十亿？他想知道荣治身上发生了什么事——我还以为这只是方便自己伸手拿钱的借口。

即使匿名，自称凶手依然存在相当大的风险。甘冒这样的风险，却只是为了得到一文不值的真相，我实在无法理解。

没错，我确实无法理解。

有些事物比金钱更加重要？说得好听。少自以为是地给人灌输大道理了。总有人喜欢在我面前说这种漂亮话，借此标榜自己有多高尚，同时用蔑视的眼光指责我是多么俗不可耐。

非要死鸭子嘴硬，说什么没有钱也可以生活得很幸福。

当然是有了钱才会更加幸福。

为什么所有人都要心口不一？

我既不能理解，也不想去理解。

我的想法越发阴暗消极。

休闲吧里的服务员为我端来一杯水，并关切地问："您身体没事吧？"但就连这种行为在我眼中都像是在瞧不起我，令我火冒三丈。

3

过后的几天，我一直没精打采的。

若是平时，只需睡上一晚，再差的心情也能完全平复，然而这次却没能奏效，连我自己都感到惊愕——世上居然还有睡觉不能消除的烦恼。

虽然已经睁开双眼，但我不想起床。我还不想回到现实中去，因此硬生生地睡了个回笼觉。就这样不知不觉地熬过了中午，到了下午，又到了晚上。最终，我在家中无所事事地躺了一整天。

就连独自租住的一居室，如今在我眼里都显得格外宽敞。突然想起自己已经一整天没吃东西了，于是我一边看着电视上放的深夜档节目，一边吸溜起杯面。尽管饥肠辘辘，嘴巴里却吃不出什么味道。

我像这样连续度过了好几天。

无论是在森川药业的会议室里单刀赴会，还是在轻井泽的别墅里被巴卡斯吠个没完，都已经成为遥远的往事了。

这期间，朝阳给我打过几次电话，但我没什么精神去接。

我当然也想知道荣治死亡的真相，可自己又不是刑警。我之所以会与荣治的死扯上关系，都是因为筱田的委托。

接下来要怎么做？我感到毫无头绪。

虽然口袋里还有存款，但也不能一直靠存款过活，总得去找份工作。在和津津井律师剧烈争执过后，我已经不可能回到原来的岗位了。被客户如此干脆利落地解雇，我死也不愿把这件事说给津津井律师听。

去便利店买了趟东西，回家时顺便检查几天没看的邮箱，发现里面有一封手写的信件，寄信人是信夫。

这个人就要在更加遥远的记忆里追溯了，不过我依然想起了他是一个多月前还在与我交往的男人。

几天前我收到一封邮件，内容是"我筹了些钱，买了个大点的戒指"。我嫌麻烦就没有回复。后来又有电话打来，我自然也没接。

信上说因为邮件没回，电话也没接，所以他很担心，叮嘱我注意安全。明明被我甩得那么彻底，为什么还能写出这样的信来？此时的我连信夫的一片好心也憎恨起来。

邮箱里还有一个邮包，里面是由日本律师协会出版发行的杂志——《自由与正义》。

即使没有主动订阅，所有注册在籍的律师也会定期收到这本月刊。上面会报道律师论坛、座谈会之类的信息，公示行为不端的律师姓名，还会刊载律师进修的日程表……换句话说，这份杂志就是法律圈内部的官方刊物。

菜鸟律师的感恩语录、成为律师后的往事追忆、奋斗在偏远地区的律师访谈录……这些无聊的内容我每次都是一目十行地扫完。但这次我却细细地阅读，希望能在杂志里的某处找到村山律师的痕迹。

然而最终，无论是杀害村山的凶手，还是窃取保险箱的小偷，甚至连有关保险箱的内容都丝毫没有出现。

每天晚上当我关掉电灯躺在床上，村山临死前的那副面孔都会出现在我脑海当中，挥之不去。

"我和……她……律师……请你带着她的那一份，长长久久地活下去……"

我回想起村山临死前所说的话。

村山没有夫人，始终单身，身为律师，在工作上勤勤恳恳。对村山来说宛如女神一般的"她"，也为了尽到律师的职责而丢掉了性命。

律师真的是一份那么好的工作吗？

凝视着刻在律师徽章后面的五位数编号，我不禁陷入沉思——当初我是为了什么而立志成为一名律师的呢？

虽然我从小就立志成为律师，但最初的动机已经完全不记得了。似乎只是在犹豫参加校招还是司法考试时，想着就算一没关系二没资产，当律师也能凭自己的本事挣钱，因此最终选择了律师的道路。

说到底还是为了钱。我不禁为自己的卑微感到悲哀。

而且直到成为律师我才明白，与这份工作的繁忙程度相比，能赚到手的钱其实根本不多。同样是长时间、高密度的劳动，开家公司创业可比当律师赚钱多了。

我一边胡思乱想一边打开电视，电视里正在播放主题为"悬赏遭窃的保险箱！发现者赏金五千万"的综艺节目。

只见主持人穿着花里胡哨的黄色衬衫，正在念着手中的稿件：

"在最近发生的一连串风波里，森川家族可谓被推到了风口浪尖。然而这个家族最近又发生了一件大事——森川银治先生发表了最新声明，决定向发现保险箱的好心人赠予五千万悬赏金。"

我惊愕地凑近电视。

银治不就是那个将家庭会议的视频上传到网上，引发了这一系列轰动的罪魁祸首吗？而他也正是金治的弟弟、荣治的叔叔。

只见镜头一转，画面里出现了那栋位于轻井泽的、眼熟而古旧的建筑——民生律师事务所就位于那栋小楼当中。

"上个月二十七日，森川荣治（已逝）的顾问律师村山权太遭到杀害，其保险箱也被窃走。而放在保险箱中的物品，正是荣治遗书的原件。"

镜头再次转换，画面里是一个银发男人的特写镜头。

"保险箱里存放的东西至关重要，可警方却根本不肯帮忙寻找。忍无可忍，我决定亲自寻找保险箱的下落。"

画面中出现了这样的字幕解说。

不知为何，节目里突然播放起直升机在森林上空的航拍镜头。

"森川银治正自费对案发现场附近进行搜索。他与东京科学大学的木下研究室展开合作，动用了十五台无人机在轻井泽町上空搜寻。"

此时，再次出现了脚踩长靴的银治伫立在河边的画面。从侧面看去，他的神色显得严峻而犀利，但是过于一本正经，反而显得有些滑稽。

"在负责水质调查与河川清理NPO[1]的协助下，我对附近的河道展开了大规模的搜查。"

---

1 non-profit organization 的缩写，即非营利组织。

我瞠目结舌地愣在电视机前。

打开平板电脑看了一眼视频网站，发现银治在投稿的视频里同样呼吁了搜寻保险箱一事。

我百思不得其解。会因为遗书丢失而遇到麻烦的人应该是村山、筱田和我。如今村山已死，筱田不再追求遗产，而我也遭到了解雇。

就算遗书丢失，也不会有人在乎了，反而还有不少人盼着这种麻烦玩意儿早点消失。

可为什么银治反而要大费周章地寻找呢？

出于自身的坏毛病，我又开始放飞思绪、胡思乱想起来。冷静下来后，我突然意识到自己是多么愚蠢。这件事已经与我毫不相干。森川家发生任何事都与我没有任何关系了，因为我已经不再是筱田的代理人。

思至此处，我不禁再次陷入消沉，心里像压了一块石头。

我关掉电视，把遥控器扔到一旁。

想找点东西解解闷，却又不知该干什么。心烦意乱之下，我毫无意义地逛着购物网站，刷了一晚上平时根本不会去用的社交软件。

肚子饿了，于是吃了一杯泡面。这时我突然想寻求一点刺激，于是在网上搜起了都市传说和鬼故事，一直看到眼睛酸痛。天色渐亮，直到窗外完全明亮时，我才有了些困意，于是连被子也不盖，直接蜷缩在床上睡下。

这会儿正适合在不知不觉间进入梦乡，舒舒服服地睡上一觉。

叮咚 —— 叮咚 ——

在一阵浓重的睡意里，远处传来了声音。稍稍恢复了一点意识后，我知道是对讲器响了，可身体却无法动弹，仿佛自己的后背被牢牢吸在了床铺上。

不一会儿声音停下了，但马上又"叮咚 —— 叮咚 ——"地再次响起。

刚巧今天在入睡前看了不少鬼故事，尽管平时不会害怕这些东西，但此时我却突然感到对讲器发出的电子音有些令人毛骨悚然。

"叮咚 —— 叮咚 ——"节奏均匀的铃声不间断地从门外传来。最终我还是用胳膊撑起身体，走到门口按下了对讲器的应答键。

只见屏幕前站着一个体格壮实、满头银发的男人。我总觉得在哪里见过他，一时却又想不起来。

"你好，我叫森川银治。请问剑持律师在吗？"

森川银治 —— 听到这个名字，我一下子反应过来。他就是那个把家庭会议的视频上传到视频网站的荣治的叔叔。昨天我还在综艺节目里见过他。

他怎么会知道我的住址？想来心里不禁有点发毛。

"给你打了好多遍电话，但是都没人接。"

银治扯着嗓子在外面叫嚷着，唾沫星子仿佛要隔着屏幕飞到我的脸上。

最近我没怎么看手机，所以根本不知道他有没有来过电话。

"我有话想和你谈谈。"

他似乎已经在公寓楼的门厅处赖了很久，我从对讲器的屏幕里看到，路过的居民纷纷向他投去了怀疑的目光。

我打算假装不在家，便没有理会。但过了几分钟，对讲器再次响起。

"请问有人在家吗？"

过了几分钟又响了——

"求求你了，和我谈谈。"

我只觉得对讲器的铃声越发刺耳，最后终于忍无可忍，拿起对讲器暴躁地大吼一声："这就过去！别按了，老实等会儿！"

我已经很久没有这么大吼过了，连自己都被吓了一跳。

我尽可能简单地整理仪容后走下公寓楼，看到了站在门厅的银治。别看他年纪在六十岁上下，穿得却很休闲——牛仔裤、运动鞋，再加上大红色的羽绒服，从头到脚一副年轻人的打扮。

我突然想起真梨子好像说过荣治和银治很像之类的话。确实，不只是面容和体格，连等待别人帮助时那种无所事事的表情都与荣治非常相似。

银治先向我表示歉意，继而又说："失窃的保险箱找到了！"

宛如一位发现宝藏的少年，他骄傲地挺起了胸膛。

我们换到了一家离公寓较远的露天咖啡厅谈话，但由于他把自己那辆过于惹眼的汽车停在旁边，依旧引得路人纷纷投来好奇的目光。银治似乎早已习惯这种目光，对此显得毫不在意，只顾有滋有味地啜饮着可可。

来到咖啡店却不点咖啡，而是毫不在乎旁人眼光地喝着热可可。在这方面，银治也和荣治一模一样。

"那个保险箱，就沉在离村山的事务所三公里远的河底。"

银治从口袋里掏出手机，给我翻看相簿里的一张照片。

照片里是一条宽约二十米，周围长满树木的河川。河道两侧建有混凝土河堤，河水显得又黑又浑，看上去挺深的。

"具体是怎么操作的我也不是很懂，不过东京科学大学的木下教授使用高性能雷达侦测到了保险箱的位置。"

"是吗？那可真好。"我淡淡地回应。如今我对这件事根本毫无兴趣。

"那个保险箱是我特别定制的，必须输入两个五位数密码才能打开，而且连续输错三次就会永久锁死。我也有些资料放在村山那里，虽然不是什么很贵重的东西，不过对我而言非常重要。"

村山确实说过，除了遗书以外，还有一些其他文件放在里面。原来其他文件是属于银治的。

"是些什么资料？"我开口询问。

但是银治回道："这就要保密了。"

其实我对这些资料本来也没什么兴趣，但对方这样装腔作势，反而让我有些来气。

"也正因为是特别定制的保险箱，这次才能找到。不过当下的问题是，我们没办法把它从河底打捞上来。原本已经获得了当地政府的打捞许可，但带着潜水员过去时，发现许多道上的小伙子把附近围了起来，不让我们靠近。"

"道上？难道是指定暴力团[1]？"

"准确来说，是指定暴力团的皮包公司——清州兴业的'员工'。他们发现我们在沿河搜寻，于是也跟着寻找了起来。虽然他们还没有发现保险箱的具体位置，但如果我贸然打捞，他们一定会来夺取。"银治挠着脑袋。

"为什么指定暴力团的皮包公司会想要这个保险箱？难道是为了悬赏金？"我开口问道。

但银治摇了摇头："不知道是为了什么。当地的警察表示——清州兴业名义上是家公司，民事纠纷警方不予介入，因此不肯处理此事。为此我咨询了好几个认识的律师，但他们似乎都不敢插手此事，也派不上什么用场。剑持律师，你以代理人的身份参加过凶手评选会吧？要是找不到那封遗书，对你来说也是个大麻烦，可否助我一臂之力呢？"

"情况我了解了。"我撩了撩头发，主动说出被筱田解雇的事，还是有些令人尴尬，"但我已经被客户炒了鱿鱼，所以用

1　依据都道府县公安委员会在 1992 年 3 月 1 日实施的《暴力团对策法》，日本政府将视暴力团的规模、拥有犯罪经历的暴力团员占比、对社会的危害程度等，在符合《暴力团对策法》第 3 条的必要条件下，将暴力团给予"指定"，以便加强对该暴力团的管制及监控。

不着再管这件事了。就算保险箱捞不上来或找不到遗书，也和我没有一毛钱关系。我没有协助你的理由，所以还是请打道回府吧。"

没想到我话音刚落，银治就像个笑星似的夸张地睁大双眼："不会吧，被炒了？"

那副模样简直像是个老小孩。

被人炒鱿鱼这种事自己提提还好，从别人嘴里说出来就让人格外火大。

"别一遍遍重复，烦死了。"我瞪了他一眼。

"我就只说了一次嘛。对了，也就是说，你和上一个委托人已经恩断义绝了吧？"银治把手放在额头上思索片刻后，开口说道，"既然这样，剑持律师，就请你来当我的代理人吧。"他突然双手在面前一合，"其实我也参加了那场凶手评选会。虽然得到了金治哥和定之姐夫的认可，平井副总裁却不肯同意。事实上，平井副总裁迄今为止还没有给剑持律师你以外的任何人投过赞成票。"

我想起前一阵自己曾给森川药业提过一份经营计划。对我来说，调节三人间的利害关系可谓轻而易举——但回想起筱田说过的话，我的内心再次感到一阵苦涩。

"反正你最终的目标也不是钱吧？"我抱起胳膊斜视着银治。

尽管与森川家族有所疏远，但银治凭借原有的资产和视频网站上的广告收入，想必还是能过上无忧无虑的生活，否则也不会开这么一辆豪车了。

一开始指示我获取遗产，后面却又改口，说自己真正想要的并不是钱——如果又要做出那种上屋抽梯的行径，还是恕不奉陪了。

"我不知道有什么东西比金钱更加重要，也是因此才被人解雇的。所以如果你的目的不是钱，我恐怕派不上用场。"

银治静静听我把话说完，随即面露微笑："那就没问题了，我想要的恰恰是钱。虽然另有目的，但需要金钱来达到我的目的。而且仗着长你一些岁数，我有句话想告诉你——你真正渴望的其实也不是钱，所以用不着那么自卑。"

他的说法令我有些恼火。我向来讨厌年长者用一副很了解我的口吻来教训我。

"我们之间没什么好谈的。"说罢我便起身离去。

我不知道自己真正渴望的事物是什么，所以才会漫无目的地一味索取着金钱——这件事我心知肚明。但连我自己也不知道自己真正需要的到底是什么。

此刻我突然感到一阵悲哀。然而大脑的某个部分依旧存在着这样的念头——即使拥有足够潇洒一生的金钱，恐怕我也依旧不会放弃工作。当我对某件事有所思考，再将思考付诸行动并顺利完成时，我的内心是喜悦的。况且人生在世，如果不去完成些什么，这辈子也未免太过无趣，因此我选择工作。而我能隐约感觉到，自己所追求的事物应该与此有关。但除此之外，我便也没有更多的感触了。

刚一到家，放在桌上的手机就响了起来。

我心想肯定是银治打来的，便没去管。他能打听到我的住址和手机号，这件事情本身就有问题。可能是接受荣治的别墅时，我在手续文件上填写过个人信息，而银治作为森川家的一员，自然也能查到。

手机铃声停了下来，但很快再次响起。

我本想怒斥他扰民，但拿起手机一看，打电话来的竟然是优佳。虽然出乎意料，但我还是顺势接了起来。

"丽子妹妹？终于打通了。之前你一直没接，工作很忙吧？"优佳用开朗的声音问道。

我随口回了句："是啊，没什么工夫接电话，不好意思。"

"丽子妹妹，我打电话是想要谢谢你。你帮我提醒过雅俊了，对吧？"

我一时间有些不明所以，几秒钟后才想到她指的应该是雅俊出轨的事。可我既没告诉她，也没有将照片外传，优佳为什么来谢我呢？

"呃，你是指什么？"

"出轨的事啊。雅俊自从那天和你见面之后，回家的时间忽然早了起来，回来的时候还给我带了一束花。真是笨死了，他这么一做，不就等于不打自招了嘛。"

别看优佳平日里温文尔雅，心思却足够缜密。不过我跟雅俊约好要保密，所以不便承认此事。

"我什么也没做。"

"呵呵呵，"优佳开心地笑了起来，"丽子妹妹你总是护着雅俊。"

优佳的话令我感到诧异，我丝毫不记得自己什么时候护过雅俊。

"不不不，倒不如说老哥他始终对我敬而远之。"

听了我的话，优佳窃笑着说："雅俊这个人既顽固又别扭，所以没有跟你说过，但他可是常常跟我提起。他说小时候自己每次被附近的孩子欺负，连小学都还没上的你总会过去把对方赶跑。"

我连几个月前发生的事都记不住，小时候的事更是忘得差不多了，居然还有这种事？都说男人这种生物喜欢把发生在自己身上的往事不分巨细地讲给女人听，没想到哥哥也没能免俗，不禁令我有些愕然。

"还有这种事？我一点也记不得了。"

"没想到丽子妹妹这么善良，做过的好事一转眼就忘了。"

但这句话我可不能当没听见。

"什么叫'没想到'啊。"我抗议道。

"雅俊还说，你小时候还在作文里写过'为了保护我的弱鸡老哥不被坏蛋欺负，长大后我要当一名律师'这样的话。提到这个时，他一脸难为情的样子。"

感觉优佳说的根本不是我，而是彻头彻尾的另一个人。我写过这种话？尽管已经毫无印象，但光是有人旧事重提，就足以让我想找个地洞钻进去了。

"我写过这种话？"

问题在于，律师也根本不是什么保护弱者不受坏蛋欺负的职业。真有这种想法，还不如去当警察。没想到我也有过头脑不灵光的时候——光是想想，我都无法忍受。

"算啦，算啦，作文下次有机会一起看吧。下个月还要在青叶台给公公庆祝六十大寿呢，等到那时候再说。"优佳留下一连串开朗的笑声，挂断了电话。

我有些惊讶——身为剑持家的女儿，我都不记得的家事，哥哥的未婚妻却对此了如指掌。不过也是，站在父亲的角度来说，与离家在外的女儿相比，性格温婉的儿媳自然更加可靠。

我越想越觉得雅俊配不上优佳。被这么大一块从天而降的馅饼砸中脑袋，居然还搞什么外遇，真是无可救药。我甚至也无法相信自己曾经居然会护着这样的人。

——律师并非保护弱者不受坏人欺负的职业。

盯着手机，刚刚浮现在头脑中的话依然留在心里。

没错，在法律面前，好人坏人、强者弱者一律平等。即使是十恶不赦、无可救药的人渣，也与高贵的善人享有同等的权利。这正是法律令我着迷的地方。

我是一个爱钱如命的人，因此过去面对那些光明磊落的人时总会感到自卑，担心善良的人会因此而鄙视我。然而法律告诉我，我与那些品行端正、心地善良的人同样都是人，且享有同等的权利。这让我感到获得了救赎。

因此，我希望自己能够守护每个人平等拥有的权利。

因此，当面对一个并非以金钱为目标的委托人时，我或许再次萌生了自卑心理，从而拒绝去帮助他。但这样一来，我跟那些拒绝承认"坏人也是人"的家伙不就成了一丘之貉？

我回想着银治说过的话。

虽然找到了保险箱，但打捞作业受到了指定暴力团的皮包公司的妨碍。

我参与解决的向来是上市公司之间的纠纷，从来没与暴力团伙打过交道，顶多在进修时听过这方面的课程。

当时给我们上课的那位男律师扮演暴力团伙成员，不停地辱骂在教室里听课的人。他告诉我们，面对这种情况，一定要保持不卑不亢的态度。

在那节课上，有人听愣了，有人吓哭了，而我却获得了最高分。只不过是被人吼上几句，对我来说是小事一桩。

既然如此，就去完成我力所能及的事吧。

做出这个决定后，我拿起了手机。

第六章

亲子的颜面

1

第二天中午，我身着一套整齐的西装站在河堤上。

面前这条河宽二十三米，深五米，算是一条中规中矩的河流。河边长满了树木，一到秋冬时节，河面上便漂满落叶，其中一部分沉入河底，让冬天的河水变得又黑又浑。

"冷死了。"跟在我身后的银治打了个哆嗦。然而寒冷的空气越是拂在脸上，我的头脑反而越发清醒。

河堤与河畔之间有台阶相连，下到台阶中间处，刚好能够望到关键位置。

两边的河畔上各搭着一个帐篷，帐篷附近有几个男子。远远望去，两边各有四五人，共计将近十人。

他们每个人都脚踩长靴，手里拿着捞网，甚至有穿着潜水服的。

我镇定自若地向男子们聚集的方向走去。

"喂，剑持律师，你确定要过去？"身后传来了银治的声音。

"没问题。"我回道。

走近一看果然不出所料，待在那里的都是些年纪轻轻的小伙子。从体格上看，有几个年纪甚至比高中生还小。这些小伙子，充其量只是些听从自己头头儿的命令、过来搜寻"宝藏"的工具罢了。

其中一个小伙子注意到了我。

"哎，姐姐，这儿可不是用来约会的地儿。"

但我对此置若罔闻，只是快步走向河边。

接着我又从包里掏出地图，跟周围的环境进行比对和确认。

其中一个小混混大声嚷道："小妞你干吗？"

我没有回话。

我曾嘱咐过银治，告诉他有人说话也别搭理。但此刻他的眼神却飘来飘去，真是个沉不住气的家伙。

"既然是保险箱，应该会很重的。如果扔到河里，恐怕就在离岸不远的地方。"

"前几天下了场大雨，河流涨了水，与最初的掉落位置相比，应该有些偏离。"

我把手放在眼睛上方挡着阳光，望向河面的某处。

不过我只是随便看了个地方，保险箱当然不可能在那里。

"喂，是那边！"小混混大喊一声，穿着潜水服的男子立刻下水。

他跳进河里，熟练地游起来。正当我注视着他时——

"哎！"伴随着叫喊，一只男人的大手出现在面前，挡住了我的视线，"姐姐你别不理我啊！"

一个小混混站在我身侧，其他小伙子也凑过来，把我们两人围在中间。

但我依旧毫不理会，只是把脸挪开，继续紧盯着河面。小混混再次伸出手来，挡住了我的视线。

可能是怕我们报警，他们也不敢太过粗暴，没有直接触碰我们，只是最大限度地妨碍我们行动。

不过这下我明白了，有他们赖在身边死缠不放，无法自由活动，更没办法安排潜水员下水。在我们受到阻碍迟迟无法进行打捞作业的这段时间里，保险箱说不定真的会被他们找到。

"嗯……这些家伙太碍事了，真拿他们没辙。"我用平淡的口吻说道。

银治慌忙"啊"地回了一句。

"说什么呢？瞧不起我们是吧？"旁边忽然传来一声怒吼。

这位小伙子体格健壮，活像个摔跤手。大冬天的只穿一件薄 T 恤，胳膊上的文身透过袖子若隐若现。

"知不知道我们大哥是谁？想进局子里说事？"

对方开始吓唬我们，但我依旧毫无惧意。要真的进了警察局，占优势的自然是我。

又一个人用挑刺般的语气吼着："喂，你笑什么笑？"

我大致四下里扫了一眼，没看到什么明白人。尽管可能性微乎其微，但我也曾考虑这里或许有一个有资格说得上话的人。不过，从一开始我就没指望过能和暴力团的人顺利沟通。

"算了，我们走吧。"

听到我这句话，银治顿时小鸡啄米般不住点头。与来时的阵势大相径庭，回去的时候银治反而快步走在我前面，看来他是真的怕了。

坐进停在稍远处的宾利车后，他终于缓过劲儿来，抬高音量问道："怎么样？"

那副硬充好汉的派头简直一目了然。

"嗯……的确，有那帮混混碍事，很难顺利打捞保险箱。而且都是些小喽啰，似乎也没法沟通。对面的头头儿应该已经嘱咐过他们不能施暴，所以警察也管不了。要是他们以现在的状态继续仔细搜索，找到保险箱恐怕只是时间问题。"我摸着下巴，在脑袋里盘算着，"我们能做的或许只有雇一帮人，用人数盖过他们。可是万一发生多人斗殴事件，善后工作会很麻烦。不但警方会介入，连我们都有可能以伤害罪的罪名遭到起诉。"

离此不远的地方就有一家属于银治的简易旅馆，我们决定先撤退到那里，再做打算。

宾利开了大约十五分钟，眼前便出现了一座圆木小屋风格的木质建筑。进去后发现，屋内是客厨一体的结构，没有单间。楼梯上面的阁楼似乎是作为卧室使用的。

"我喜欢山中隐居的感觉，所以最近买下了这里。"银治得意扬扬地说着。

这一定就是所谓的"男人的浪漫"吧。方才还在暴力团成员面前尿得直打哆嗦，这会儿又大言不惭地提什么"山中隐居"。考虑到面子问题，我才没揭他短处。

不一会儿，暖气把屋里烘热了。我打开电脑，查看保险箱所在位置周边的详细地图。

"如果用网捞，保险箱离岸既远，沉得又深，恐怕会很麻烦，还是得动用潜水员才行。那群小混混是二十四小时不间断地守在那里吗？"

银治点了点头："我雇了几个保安望风，他们似乎是两班倒，一直在搜寻。"

"大冷天的，这些混黑道的也不容易。按理说他们有更好的捞钱手段，应该看不上这点悬赏金，为什么不惜费这么大劲儿也要找到保险箱？"

"这我哪儿知道啊？"银治也想不通，"要是中小型企业还说得过去，但森川药业这种巨头公司，很少遭到暴力团的纠缠。"

"森川药业的子公司有过类似的纠纷吗？"

"森川药业的子公司多了去了，根本查不过来。而且我原本也没参与森川药业的经营。"

"说起来，为什么银治先生你没有参与森川药业的经营呢？"

我只是因为好奇顺口一问，银治却突然来劲儿了。

他似乎非常希望别人问起这个。我感觉他要开始讲述自己的"辉煌事迹"了。

"这就说来话长了。"

"还请你长话短说。"

尽管打过预防针，但银治还是说了很久。

这件事要追溯到四十年前。当时只有二十岁上下的青年银治，爱上了一位名为美代的保姆。

"尽管她谨小慎微，沉默寡言，却是个好女人。"

我再次感慨，"男人会将前女友在头脑中美化后永远藏在心底"这句话实在是至理名言。就这样，我心不在焉地听着他们两人一起观看戏剧、背着家人在外幽会之类的经历。

总之两人相爱至深，最后美代还怀上了银治的孩子。银治喜出望外，向她求婚，美代也欣然应允。然而就在第二天，美代却消失了。

后来银治才知道，当时尚在人世的父母察觉了此事，把美代连同她肚子里的孩子一起赶了出去。银治寻遍各处，最终依旧没能发现美代的踪迹。

银治原本就无志于学业，身为森川家的一员，还背负着为森川药业做贡献的压力。后来银治对家族越发厌烦，最后离家出走，过上了浪子的生活，连父亲的葬礼都没去参加。

不过在后来得知母亲的死讯时，银治已经年过五十，年轻时与家里的隔阂早已烟消云散，因此他还是参加了母亲的葬礼。借着此事，银治也恢复了参与森川家族红白诸事的权利。

"真是个平平无奇的故事。"我如实陈述了自己的看法。

银治摆出一副气鼓鼓的样子——他就连闹别扭时的表情也

和荣治一模一样。

"真是不好意思啊，让你听了个平平无奇的故事。毕竟置身事外的人不会有身临其境的感受。"最后他留下了这样一句似有意味，却并不意味深长的话。

正当我重新思索该怎样对付暴力团时，银治刚刚那句话突然让我产生了兴趣。

"你说得没错，置身事外的人不会有身临其境的感受。"

"是啊，所以我的人生也是相当……"

"银治先生，你有直升机吗？"我打断了他的话。

银治的神色也顿时认真起来："直升机？倒是能向朋友借到。"

"要是从侧面过去，一定会被那些小混混阻挠。既然如此，我们就用直升机把潜水员空降下去。体力上不如他们，就用财力与之抗衡。"

银治一脸惊愕，缓缓地点了点头。

"会有潜水员愿意接这么麻烦的任务吗？"银治咕哝着。

我用事不关己的态度斩钉截铁地呵斥道："找不到人就你自己上，不想自己上就找人来。"

银治噘起嘴巴，闹别扭似的低下头。

这副表情依旧和荣治一模一样。

银治准备好直升机与潜水员，已经是一周以后的事了。

一大早在新木场的停机坪集合后，我们穿戴好救生衣与头盔，坐在直升机的后排座上。

其实我原本没有必要同行，但银治不太放心："需要有人来对付暴力团。"

因此还是带上了我。

尽管河边的小混混应该没法干扰到飞在天上的我们，但银治似乎还是对前几天的事情心有余悸。

不到一个小时，直升机便从东京飞到了轻井泽。由于快捷舒适，没有堵车之忧，他们去打高尔夫时似乎经常使用这种交通方式。

到达目标地点并悬停在半空中时，直升机的震动似乎更加强烈了。座位的震动让我的屁股麻酥酥的。外面的空气从通风口处吹来，有种凉飕飕的感觉，即使戴着手套，指尖也冻得微微发僵。

隔着机窗向下望去，我看到坐在河岸的小混混们望着上空，不住地用手指着我们。他们纷纷张大嘴巴，似乎在叫嚷着什么，不过我听不到。见到这副光景，我内心不禁大呼痛快。

向身旁望去，只见银治也满面笑容，似乎正沉醉于直升机带来的"浪漫"气氛中。当他看到河岸上的几个小混混后，拉下眼皮吐着舌头对他们不住地做着鬼脸。对此我简直哭笑不得。

与我们一同前来的是两名自卫队的退役潜水员。只见机门打开，一个腰间系着带子的人刺溜一下滑了下去。他在水下用一张兜网将保险箱套住，随即浮上河面。另一名成员在确认好情况后，使用一台专用升降机将保险箱与河面上的潜水员提了上来。

　　整个过程不到十分钟。如此专业的行动不禁让我这个外行目瞪口呆。平时一直处于律师这个狭窄的圈子里，见到其他领域的工作者大展身手，我不禁大感新鲜。

　　说到这个，我从很久之前开始，就很喜欢看财务顾问与公司代表在企业收购中整理的公司资料。能从中窥探一个完全陌生的行业，我觉得非常有趣。由于谈判双方是不同的企业，拥有不同企业文化和公司员工，收购或兼并的战线可能会拉得很长，不过能接触这些企业文化，本身就能让人感到无穷的乐趣了。

　　想到这里，我突然想到一件事。

　　拓未以对自己非常有利的条件，在短时间内成功收购了基因组 Z 公司的股份。能够做到这点，固然可能是因为他手段高明，但如果仅凭高明的手段就能顺风顺水地收购企业，那也未免太过小瞧这份工作的难度了。这件事有些蹊跷。

　　打捞完保险箱后，我们迅速返回东京，随即各自离去。据说保险箱已经交给了专业锁匠进行处理。

　　分别时，我问银治能不能帮我弄到拓未收购基因组 Z 时签署的股份转让合同。

　　银治瞪着眼睛问我原因，但我也答不出个所以然来。

　　毕竟一分钱都赚不到，连我自己都不知道为什么要调查这个。但既然已经被牵扯进这一连串的事件，不禁想要了解整件事的来龙去脉，弄清荣治真正的目的与想法。

　　唉，真不像是我会干出来的事。

五天后，银治打来电话。

"锁匠也没有一点儿办法。"他的语气反倒有些自豪，"毕竟是我特别定制的嘛。"

我思索片刻，开口说道："保险箱是失窃物品吧。既然找到了，按理不是应该先交给警察吗？"

"那可不行。"银治干脆利落地回道，"警察肯定会试图打开保险箱。密码输错三次，我重要的文件就永远拿不出来了，对我来说这才是最麻烦的。"

"可是锁匠也打不开，留在你手里不也没有意义？"

"说得也是。"

嘴上这么说，可银治的语气里还是透着一股欢喜劲儿，恐怕依旧在为自己定制的保险箱的可靠性而自豪，真是拿他没辙。

"第一个密码是村山律师的律师编号，这个我已经知道了。还有一个密码不知道是什么。"

"律师编号？"我不禁重复了一句。

"是的，这是第一个密码，村山之前透露给我的。另一个没说过。"

的确，律师编号是五位数，保险箱的密码也是五位数。

我回想着村山去世前的模样。但每次回想，眼前都会浮现出他痛苦的表情，我忍不住浑身颤抖。

我和……她……律师……

"我和她的律师编号。"我轻声开口道。

"嗯？"这句话太过突然，银治似乎没有听清。

"第一个密码是村山律师的律师编号，另一个则是村山意中人的律师编号。"

我拿着手机在房间里踱来踱去，然后从堆在角落的一摞杂志里，抽出了这个月的《自由与正义》。

接近卷末处刊载着本月注销者一览，也就是不再从事律师行业的人物名单。

我在里面找到了一行小字 —— "村山权太　死亡"。

后面还记载着他的五位律师编号。

这样就只差他意中人的律师编号了。

"银治先生，我觉得我能查到另一个密码。"

我既不知道银治想要的是什么，也不知道保险箱里放的是什么。但只要我接受委托，就一定会负起责任，在法律允许的范围之内完成任务。因为这就是我的工作。

这样做你觉得对吗？村山律师……

我注视着登载了村山律师死讯的那本杂志的封面。

2

三天后的晚上九点，银治开着宾利载我沿上信越高速公路向轻井泽驶去。

村山律师意中人的死亡当时在社会上引起了不小的轰动，我原以为只要核对年代与年龄，很快就能查清她的身份。但事实证明，我的想法太天真了。

遭到委托人杀害或因诉讼而丧命的律师比我想象的要多出太多，想从中找出特定的某个人有如大海捞针。

因此，我打算去村山的民生律师事务所里找上一圈。既然是意中人，想必村山收藏着关于她的纪念品，至少应该保存着当年她遇害的相关报道。

"未经同意就进入村山律师的事务所，这样真的合适吗？"银治手握方向盘咕哝着。

我回道："他把那家事务所送给我了，现在是属于我的。"

向纱英询问后，我得知村山没有妻子儿女，也没有频繁往来的亲戚，因此事务所里的物品还没被人动过，一切都保持着原样。

"要是被警察发现，怎么说都不太好办吧？"

"那就别被发现。"

即使被人发现，我也有的是办法解释，毕竟鼓唇弄舌可是我的拿手好戏。

"其实我更想知道，如果能打开那个保险箱，你真正想要实现的愿望是什么。"我打探着银治的口风。

银治和我约好——如果能取回保险箱中的文件，就把这个问题的答案告诉我。

"算不上什么秘密，但眼前没有证据，我说了你也不信。"银治说话的时候显得有些落寞，却又透着欣喜。

暂时没有更多的话好谈，于是我将目光移到了刚才银治给我的文件上。

那是基因组 Z 公司股份转让合同的复印件，是银治请求纱英帮忙弄到的。

合同样式看着非常眼熟。即使车内一片昏暗，我依旧顺畅地阅读着合同的内容。

"怎么样？派得上用场吗？"银治随口问了一句。

我疑惑地回道："嗯……看上去只是份平平无奇的合同。正因为太过平常，反而不大对劲。"

"咦？什么意思？"

"这类合同有一套固定的模板，正常情况下，双方会在模板上进行适当的添加或删减，以完善合同条款。然而这份合同几乎照搬了模板，很少看到修改和完善的痕迹。这种情况，不知道是律师水平太低，还是时间过于紧迫。但无论怎样，除了合同本身正常得有些异样之外，看不出其他问题。"

晚上十点左右，我们到达了民生律师事务所。

附近鲜有行人，这里的确很容易被窃贼乘虚而入。

一楼的卷帘门紧紧关着，还上了锁。偷盗发生时被打破的侧面窗户，如今覆盖着一层蓝色的塑料薄膜。

我从宾利的后座上拿出一架伸缩梯，伸长后架到墙壁上，随即爬上二楼。

"简直和小偷没差别。"银治抬头漫不经心地嘀咕了一句。

爬到窗边，我从腰包里取出一把剪刀，沿着边缘将塑料膜剪开，将身体挤进玻璃窗的破洞里。这个洞不仅对女人来说畅通无阻，男人只要小心调整姿势，也能顺利钻过。

钻进事务所后，我从窗户里探出头来。

"快把车子开远点。"

"行行行。"银治说着，将梯子重新放回宾利后车座上，开着车向大街驶去了。这辆车过于惹眼，还是开到别处为好。

我又迅速从腰包里掏出透明胶，从内侧把塑料膜粘好。这样从外侧看来，应该不像是有人来过的样子。

要是直接打开事务所内的电灯，灯光会透过塑料膜，被外面的人发现，因此我掏出手电筒，照亮四周。

或许是因为经受过警方的搜查，各处的物品都像被人动过。尽管如此，与我之前来时相比，屋内并没有太大的变动。我对着办公桌侧面，也就是村山当时倒下的地方双手合十地拜了拜。

随后我开始在桌上、桌内，以及书架上翻找。

最终，视线落在了书架上塞满了旧杂志的一侧。

那是《自由与正义》，而且只有一册。我扫了一眼，发行时间正好是三十年前，与村山意中人离世的时间相吻合。

我将杂志拿在手上，发现有一页被翻开过许多次。翻到那里，立刻找到了刊载注销者一览的页面。想到村山时不时就会翻开这页仔细观看，我不禁感到心情沉重。

在一长串名单里，只有一位女性的名字——

"死亡　东京　栗田知世"。

当时的排版方式与现在不同。如今的是横版，记录姓名的同时也记录了律师编号，但当时是竖版，并未记录律师编号。

我从肩上的挎包里掏出一沓旧报纸复印件。保险起见，我收集了许多过去遭涉案者杀害的女律师的相关报道，这会儿借着手电筒的光线浏览起来。看到一篇三十年前的报道时，我的手停下了。

《二十八岁女性律师遭刺死》

一张小小的黑白照片紧挨着标题左侧。

照片下方写着栗田知世的名字，以及她的律师编号。

周围一片昏暗，我紧握手电筒，注视着栗田律师的照片。她留着一头中等长度的头发，纤细的眉毛下面是一双目光坚毅的眼睛。

我的视线再次落到了《自由与正义》杂志中"死亡"这两个字上。

没来由地突然想到，我的名字有一天会不会也像村山律师和栗田律师那样被登记在这一栏？思及此处，我不禁咽了咽口水。

身为律师，我不知道究竟什么能值得我去冒生命危险。

不过总之我还是先听村山的话，尽可能长长久久地活下去吧。

随后我与银治会合，一起前往他的简易旅馆。

刚刚进屋，我就看到了放在房间中央的保险箱。

我深吸一口气，读出了村山和栗田的律师编号，银治输入密码后，按下了保险箱正面的按钮。

保险箱的门毫不费力地弹开了。

只见里面放着两个档案袋，一个是 A4 大小的薄封套，另一个则是有 A4 纸三分之一大的封套，看上去略厚一些。

银治将两个档案袋取出，把较小、较厚的那个递给我。打开一看，里面有两份荣治的遗书，纱英曾向我展示的前女友名单也在里面。

银治从较大的档案袋里拿出一个透明文件夹，他先是盯了一会儿，继而将它抱在胸前，脸上乐开了花，看着简直都要掉眼泪了。

"我说话算数，你看吧。"

说着，银治把它递了过来。只见那是一份封面写着"父子关系鉴定书"的文件。翻开一看，里面孤零零地写着两行字——

受检体 1 与受检体 2：父子关系
受检体 3 与受检体 4：父子关系

"这是我和孩子之间唯一的联系。"

"你的孩子？"我开口问道。

银治似乎有些难为情，但脸上又挂着几分自豪："平井真人，森川药业的副总裁。"

听完这句话，我哑然失语，只是死死地盯着银治。

回想起曾在森川药业会议室里见过的平井副总裁的面孔，实在没法将他与银治联系在一起。

"我这种吊儿郎当的人居然也能当上父亲，很可笑吧？"

"难道说他就是保姆美代的孩子？"

银治点了点头："我是在荣治的生日派对上看出端倪的。平井副总裁也参加了那场派对，当时我见到他，瞬间如遭雷击。"

我本想对银治的眼力表示钦佩，但据他所说，平井副总裁的长相简直与年轻时的美代一模一样。而且尽管森川家里的人早已忘记，但那位保姆的姓氏正是平井。

银治无法抑制内心的冲动，于是偷走平井用过的筷子，用上面的成分与自己的成分进行了亲子鉴定。结果不出所料，两人确是父子无误。

见自己的儿子如此有出息，银治不禁感叹自己年纪一大把，至今却没什么正经工作。自己这样整天吊儿郎当的家伙要是厚着脸皮跑去认亲，一定会给人家带去不少麻烦。于是直到现在，他也没好意思对平井副总裁本人说明。

"一定是美代悉心教育的结果。他和我这个老爹，简直是一个天上一个地下。"银治的话里带着几分自嘲，但更多的却是骄傲。

尽管我觉得做孩子的见到自己从未见过的父亲，应该不会去挑剔他的身份和地位，但银治这个当父亲的却依然对此耿耿于怀。或许这就是男人的自尊心吧。

"我能猜到真人的打算。虽然不知道美代对他提过多少，但他通过调查，应该能够打探到美代曾经在森川家工作，还被森川家赶走的事。他一定是想将森川药业从森川家族手中夺走，为遭受委屈的母亲报仇。"

银治的话不无道理。毕竟身为企业家，平井早已拥有足够多的资产，没有必要再去投资公司工作，更没有必要成为森川药业的董事。说不定他竭尽心力混进森川药业，就是想要了结这场多年前的恩怨。

"我想帮助真人复仇，所以希望得到荣治手中的股份，然后在我离世时转交给真人。这样真人在公司里就会拥有更强的影响力。可以的话，我希望把自己的其他资产也都留给真人。"

原来这才是他参加凶手选拔会的原因。然而给他投了反对票的偏偏是平井副总裁，不得不说是种讽刺。

"原来如此，情况我了解了。"我点点头，但我还是想不通他为什么如此迫切地要找到这份鉴定书，"这种鉴定书丢了就丢了，让检测机构再出具一份不就好了？"

银治摇了摇头："这种未经对方同意的鉴定本身就是不合法的。而且我是走后门做的匿名鉴定，机构不可能愿意再次为我出具。"

我依旧没太想通："匿名调查所得到的材料不能作为呈堂证供，更别说亲子鉴定了。这个东西在不在你手上不是一回事吗？"

银治的脸上浮现出落寞的表情："我不在乎它能不能当什么证据，我只知道它是我和儿子之间独一无二的联系。"

两人的血缘关系并不会因这张鉴定书而改变，但银治依旧如此执着地不愿意失去它。我不太理解，却也没再追究，银治或许有着自己的坚持吧。

我翻着鉴定书问道："上面写着受检体 1 和 2，受检体 3 和 4，就是说你用了两种检材？"

银治用平静的语气回道："非也非也。受检体 3 和 4 是我出于好奇顺便调查的，这是荣治与小亮的亲子鉴定。"

我顿时愣在原地。

恰巧圆木小屋的空调启动了，伴随着呜呜声，一阵暖风吹来。

"什……什么？荣治和小亮？"我的声音简直有些失控，"小亮指的是荣治隔壁堂上医师家的小亮？"

"荣治曾经在无意间提到这么一句——'小亮会不会是我的孩子呢？'从那以后，我就认定小亮是荣治的儿子了。"

回想一下，小亮哭鼻子时的那副模样确实与荣治有几分相似，告诉别人自己要纠正左撇子时的那股认真劲儿，更是与荣治如出一辙。

"知道这件事后，荣治也非常高兴。"

"咦，你把这件事告诉他了？"我惊愕地大声问道。毕竟DNA 涉及一个人最为关键的隐私，擅自替人做亲子鉴定，然后告诉他"某某是你的儿子"——这种事一般人似乎做不出来。

"毕竟他一向疼爱小亮，还说过'如果小亮是我的孩子就好了'这样的话，所以我还是觉得应该把这件事告诉他。虽然是我擅自做主，但他会说出那种话，肯定有什么隐情。"

听到这句话，我恍然大悟——

我翻开荣治的遗书，视线落到那份前女友名单上。

楠田优子、冈本惠里奈、原口朝阳、后藤蓝子、山崎智惠、森川雪乃、玉出雏子、堂上真佐美、石塚明美……

上面确实写着"堂上真佐美"的名字。

纱英曾经对堂上医师的妻子表示过不满，我记得她提到的那个名字正是"真佐美"。

"也就是说，荣治曾经与邻居的妻子偷情？"

"这个……"银治支支吾吾地将视线移开，双臂交叉在胸前，"堂上夫人一开始是荣治的同事，荣治得知她丈夫是兽医，于是请堂上医生来帮忙照顾巴卡斯，后来又将靠近轻井泽别墅的土地卖给了堂上夫妇。所以顺序应该是偷情在先，成为邻居在后。"

可就算要列前女友名单，怎么会把已经去世的偷情对象也列上去呢？难道是人之将死，觉得偷情这种事无所谓了吗？村山说荣治和他絮叨过"这个女孩怎样怎样，那个女孩又是怎样怎样"，因此我也只能怀着恶意推测——或许只有将自己的"前女友"一个不落地介绍出来，才能令荣治感到心满意足。

"你是什么时候把这件事告诉荣治的？"

银治用手撑着下巴，似乎在回忆当时发生的事。"鉴定结果出来后我立刻就告诉他了，应该是一月二十九日傍晚。"

"二十九日，也就是荣治去世前一天。"

"是的，当时荣治的样子已经相当痛苦。恐怕他也觉得自己活不了多久了，于是对我说'我要把遗产留给小亮，帮我把村山律师叫来'。于是我当场打电话给村山律师，请他第二天白天过来一趟。"

我看了看遗书的落款日期。

第一封遗书是一月二十七日，第二封遗书是一月二十八日。

一天后——一月二十九日，荣治得知自己有个儿子，打算重写遗书。

但他没能如愿，并于第二日——三十日凌晨去世了。

"荣治的病情有那么严重吗？"以防万一我向银治询问。

"当时他一遍遍重复着'我要死了，我要死了'，不知道这话是不是认真说出来的，但看得出他的确很痛苦。"

就算真的有人对荣治恨之入骨，打算要他的命，恐怕也不会对死到临头的人下手。只要暗自庆幸，看着他死去就好了。

但如果这个人害怕荣治撑到第二天，重新写一封对自己不利的遗书呢？

那么说不定他会抢在荣治更换遗书之前要了他的性命。恰巧荣治已经奄奄一息，就算将他杀害，也会被人当作是病死的。

万一如意算盘落空，只要让荣治手握肌肉达人Z的注射器，也能让发现此事的森川家人主动设法隐瞒死因。

别墅没有上锁，荣治又有服用安眠药的习惯。只要在半夜过去，任何人都有杀他的能力。

然而拥有动机，不惜在荣治奄奄一息之时也要杀了他的人就只有一个 ——

"杀害荣治的凶手是堂上医师。"我低声说道。

"堂上医师？"

"没错，如果荣治更换遗书，最不能接受的人是堂上医师。"

银治疑惑地问："可是就算把遗书内容改成将财产送给小亮，对堂上医师来说也不见得是坏事吧？"

我微微一笑。

没想到有一天自己也会说出这样的话。

"因为有些事物比金钱更加重要。对堂上医师来说，几百个亿也没有保守住小亮是荣治的儿子这个秘密重要。不，他甚至不愿意让小亮得到这笔钱。在堂上医师心里，自己才是小亮独一无二的父亲，如果此时突然冒出一位'亲生父亲'，还要留给小亮一笔巨款，他的面子究竟要往哪儿搁？"

"可是如果不想要钱，就算有遗书在，也可以出言拒绝啊。"

我摇了摇头："如果受益者是自己的话还能拒绝，但如果受益者是孩子，凭父母的意愿是无法拒绝的。从法律上来讲，监护人不能做出对孩子不利的决定。"我盯着手中的遗书，"最开始我怀疑凶手是拓未，但仔细想想，他没有理由杀人。因为就算放任不管，荣治也会因病而死。"

"村山律师的死与保险箱遭窃又是怎么回事？"银治问道。

"要是真想得到保险箱里的东西，就不会把它扔到河底了。对凶手来说，只要能让保险箱里的东西永远不见天日就行。银治先生你的鉴定书对他没有任何意义，对除你以外的人也没有任何价值。荣治的遗书已经公布在网站上，相关信息也已经无法抹杀，那么剩下的就只有……"

"难道是前女友名单？"银治插嘴道。

"没错，一旦有人看到这份名单，就会发现他夫人的名字也写在上面。村山律师看过这份名单，于是遭到杀害。"

"太残忍了，怎么会这样？"银治抱住了脑袋。

现在想想，在轻井泽的别墅拔草的那天，村山对堂上医师说过"关于荣治的遗书，我有几句话要和你谈"。

堂上医师照顾过巴卡斯，当时我还以为他们要谈关于遗产交接的事。

然而实际上，村山恐怕是在询问堂上医师，是否要代替荣治的前女友之一 —— 真佐美女士接受她应得的遗产。

而堂上医师也是在那时得知了荣治的前女友名单上有自己妻子的名字。

堂上医师无法容忍别人知道自己的妻子出轨。最终，事情正如村山死前所说的那样 —— 有些人把自尊心看得比性命还重要，被伤害脸面后，甚至有可能与对方以命相搏。

我的视线落在了手中的前女友名单上。

"话说回来，都怪荣治列了前女友名单这种怪东西，才会惹出这么多事端。但会对这个感兴趣的，恐怕也就只有纱英了吧。"

说到这里，我突然如坠冰窖。

紧接着下意识地大喊一句："纱英有危险！"

纱英手上应该有荣治前女友名单的复印件。

我立即打电话给纱英，问她把前女友名单的复印件给谁看过。

接到我突如其来的电话，纱英吓了一跳。

"我只给你和雪乃看过，其他人都没有。"她漫不经心地回道。

我挂掉电话，拨通雪乃的号码。

"啊，丽子律师，好久不见，又要来我家借宿吗……"

我打断了雪乃的话："雪乃女士，纱英给你看过荣治的前女友名单，对吧？"

"是的，我看到了。不过是她硬塞给我的，我也没怎么细看。"

"这件事你和别人提过吗？"我用强硬的语气问道。

"咦？堂上医师刚才也问过我这个问题，我告诉他纱英手上有复印件。"

我的脸上顿时失去了血色。"刚才是什么时候？"

"就在刚刚，五分钟之前吧。"

"纱英呢？纱英现在在哪儿？"我隔着电话大叫。

"怎么突然这么大声。纱英应该在自己家里，她住在东京的单身公寓里。"

我迅速问出地址，随后又说："这个地址，你没告诉过堂上医师吧？"

雪乃似乎有些不明所以："他问我，我就告诉他了。反正纱英不讨厌堂上医师，告诉他也无妨吧。"

来不及向雪乃解释来龙去脉，我立即挂断了电话。

接着立马打给纱英，然而没能打通。

时间过了半夜十一点，通往东京的新干线已经全部停运。

"银治先生，请你立刻将前女友名单的内容发到网上或是做成视频投稿，总之尽快上传。然后立刻报警。"说着我站起身来，一把抓起放在桌上的车钥匙，"借我用一下车，我这就赶去纱英那里。"

3

我开着宾利，飞驰在夜色中的上信越高速公路上。

既然新干线已经停运，堂上应该也正在驱车赶往东京。如果我以这辆豪车的最快时速驾驶，应该能比堂上更早到达。

要是严重超速可能会吃官司。但我对各种刑事判决结果再熟悉不过了，对交通管控严格的路段也一清二楚。只要接近这些路段，我就减慢车速。此时我不禁庆幸起自己的律师身份来。

最终，我比正常时间提前三十分钟来到纱英的公寓前。银治似乎已经报了警，因为有两位警察正等在楼下。

我向他们走去，其中一位警察说道："是你报的警吗？我们按了通话器，不过没人开门。"

"没人开门不会冲进去吗？！"我抢白了一句。

警察露出愤懑的表情，但我没有多管，只是急迫地说："联系物业公司，让他们帮忙准备万能钥匙总行吧？快点！"

所幸纱英住的是高级公寓，管理员全天住在楼下。十五分钟后，我们就在管理员的带领下进入了纱英的房间。

"报警那个人语气急匆匆的，到底是什么事？要是骚扰警察，小心我们以妨碍公务的罪名对你实施逮捕。"

我一把推开发着牢骚的警察，冲进了纱英的房间。

房间是小型一居室，室内装饰整体呈淡粉色，像是纱英会喜欢的风格。

我迅速将客厅、餐厅、厨房、浴室全部检查了一遍，但是到处都没有纱英的踪影。

在此期间，我不停地拨打着纱英的电话，但始终没能打通。

"喂，根本没有人啊。除了妨碍公务，你现在还涉嫌非法入侵民宅。"

警察唠叨个没完，我对他大吼一声："少废话！你们玩忽职守，我还要告你们渎职，向国家要求赔偿呢！"

对方回道："刚刚的话可以视作你在威胁警察，请跟我们去一趟警察局……"

就在我们争执不下的时候，又一辆巡逻车开来，从车里走出两名警察。当然，他们的任务已经换成了对我这个可疑人士进行逮捕。

就这样，四个警察把我围住，我和他们在纱英的公寓楼前争论起来。

就在这时，一直拨打的电话终于接通了。

"是丽子啊，打了这么多遍电话，有什么事？"她的语气异常活泼。

我立刻将电话切为免提，将一根手指放到唇边，示意旁边的警察们不要出声。

"纱英，你现在在哪儿？"我气冲冲地问道，"你知道我喜欢堂上医师，想要横刀夺爱是吗？"

为了套出纱英的消息，我故意胡言乱语起来。

这应该算是"引蛇出洞"。

纱英先是沉默了一会儿，继而哧哧地窃笑起来。

"谁横刀夺爱了，是人家主动联络我的。"她扬扬自得地说。

我轻轻点了点头——离我的目标仅有一步之遥了。

"肯定是在诓我。你这会儿怕不是正一个人在家，窝在被炉里孤零零地吃橘子呢吧！"我话锋一转。

纱英感觉受到了嘲弄，同样用轻蔑的语气回道："才没那回事呢！我现在正要去品川码头，与堂上医师一起眺望彩虹大桥呢。"

我指了指警车，示意警察们赶快前往品川码头，但那几个笨警察只知道站在原地摇头。

"都大半夜了，堂上医师真的会来？"我继续套着纱英的话。

只听她说："刚才他说还有十分钟就到了……"

她这句话还没说完，我就立刻喊道："纱英，立刻离开那里，堂上想要你的命！"

不出所料，纱英挂断了电话。

我立刻转向警察："听到了吗？现在立刻去品川码头，能看到彩虹大桥的地方！十分钟内会有一个男人带着毒药过去杀人，别磨蹭了，快点！"

但对方丝毫不予理会。

不能再等了——我自暴自弃般地下定了决心。

我突然间指着警察们背后的方向——

"啊！黑田检察长你来啦！"我随便叫了个检察官的名字。

几个警察下意识地回过头去准备敬礼。

我趁此机会向停在一旁的宾利猛冲过去。

警察们慌忙开始追我，但我可是曾经出战过全国高中生运动会的田径选手。

我快步与几个中年警察拉开距离，一溜烟坐进宾利，一脚油门将车开了出去。

飞速驾驶的我只用七八分钟就到达了品川码头。途经警察局前的红绿灯，我都不管不顾地一溜烟闯了过去。

在后面穷追不舍的警车鸣着警笛，同时用大喇叭发出警告："前面的司机，立即停车！立即停车！"

从声音里我能听出，追来的警察为数不少。

我驾车闯进品川码头。

三辆警车紧跟在宾利后面冲了进来。

刚刚减慢一点速度，视野右侧就冒出一辆警车，似乎想冲到前面堵住我的去路。

我向左猛打方向盘，同时踩了一脚急刹车。

但是来不及了，车头狠狠撞在一排黄色的栅栏上。

铁质的栅栏似乎相当坚硬。

车子撞上去后伴随着嘎吱嘎吱的声响，我清楚地感到车头瞬间凹了进去。

我立即打开车门跳下车来。

附近被警车的爆闪灯照得一片通亮。

我在一片亮光中寻找着，继而向一个人影猛冲过去。

"堂上！"我大叫一声。

前面有两个人影，只见较为高大的那个回头向我望来。

"前女友名单我已经发到网上了！"为了让堂上彻底死心，我用最大的声音喊道，"所以就算你杀了纱英也没有用！"

就在我叫喊时，警察们也纷纷下车，想要将我围住。

我对警察们吼道："那个男人手里有毒药！旁边的女生很危险！"

可能连警察也对这对深夜在码头闲逛的男女起了疑心，于是将手电筒朝两个人影照去——

只见堂上和纱英向这边投来惊诧的目光。

"丽子，怎么了？"纱英惊愕地问道。

"在你身边的堂上就是杀害荣治的凶手！"我不顾一切地大喊。

"怎么会呢？"尽管嘴上这么说，纱英依旧有些慌张，下意识地远离了堂上几步。

"堂上，证据确凿，你死心吧！"有没有证据不太清楚，但为了恫吓他，我还是先喊了这么一句。

原本围在远处的警察们渐渐向我靠拢，我从两名警察间的空隙中看到有几名警察向堂上和纱英走去。

接着，我看到堂上举起了手里的提包。

他似乎是想把它扔进大海。

我顿觉不妙，于是使出吃奶的劲儿用肩膀撞向前方的警察。

趁他们被我吓到的当口儿，我冲出包围圈，一路狂奔，一头撞在堂上的侧腹上。

堂上的提包脱手而出。

我用余光看到它在半空中画出一条弧线。

于是我立即调整失去平衡的身体，弯曲膝盖，嗖的一下跃了出去。

我拼命向前伸手，打算用指尖够到提包的一角，把它拽进怀里。

紧接着我就以这样的姿势摔倒在码头坚硬的混凝土地上。

"疼死了……"我嘀咕着坐起身来。

低头一看，堂上的提包已经被我搂在怀中。

"干什么你？"头顶传来堂上的咕哝声。

警察向我们靠拢过来。

纱英也带着担心的表情向我们小跑过来，堂上骂了句"该死"，一把把她推开，然后撒腿就溜。

我对围过来的警察喊道："快抓住那个男的！"

警察们顿时面面相觑。

"快点！抓住他！"

被我这么一吼，几个警察慌忙冲着堂上追了过去。

我念咒似的对身边的警察说："这个提包里应该有毒药。那个男的是杀人犯，一定要抓住他。要是这都能让他溜走，我一定会告你们渎职，向国家要求赔偿。"

围在身旁的警察看着我，像是看着烫手山芋一样。但我知道只要自己表现得厚脸皮一些，让警察觉得我问心无愧，就不会真的对我产生怀疑。因此他们脸上那副嫌麻烦的表情，对我来说反而不是坏事。

结果当天晚上，我被关进了警察局的拘留所里。

尽管拘留所里连个暖气也没有，只有一条薄薄的绒毯，但我却比过去任何时候都要心情舒畅，在床上躺成"大"字形，香甜地睡了一整晚。

或许是觉得已经问心无愧了吧。

第七章

丑角的意图

1

"年轻人太冲动了呀。"隔着探望室的亚克力板，津津井律师对我说道。

我默默地低下了头。

正式签署拘留手续时，警察问我要找谁辩护，我能想到的居然只有津津井律师。尽管发生过争执，还冒犯过他许多次，但我心中的最强律师，除他以外，别无人选。

本以为津津井律师会一口回绝，但取得联络后只过了一个小时，他就来警察局见我了。

"这次算你欠我一个人情。"

听了津津井律师的话，我没有吭声，只是点了点头。

"我原本打算这么说的，但是欠人情的应该是我，这次不过是还你人情罢了。"津津井律师微笑着说。

"你欠过我人情？"我完全记不得有这回事。

津津井律师的语气一如既往地从容不迫："之前剑持律师发现我的鞋子脏了，由此指出我家庭不和，一度使我怒火中烧。因为我相信我的妻子，从未觉得她有哪里做得不好。你说这种话，是在委托人面前污蔑我的名声。"

"真是万分抱歉。"我再次低头表示歉意。

"不，没关系。因为后来我观察妻子，发现她脸色不太好，做事也有些吃力。她性格要强，所以硬撑着什么也不肯说，我硬是把她带到医院检查，这才发现她居然患了早期胃癌。所幸提前发现，如今已经彻底切除了。"

没想到会有如此戏剧性的事情发生。我眨着眼睛，一时间不知道该说什么好。

"这都多亏了剑持律师你敏锐的洞察力。妻子平日总是为我擦鞋，但近来身体欠佳，无暇顾及于此，而我这个人大大咧咧的，也没能注意到。"

我疑惑不解地回望着津津井律师："虽然这是好事，但只是从结果而言。当时我说的话依旧冒犯了您。"

津津井律师摇了摇头："结果好就够了。倒不如说，结果才是一切。所以放心，我也会用好的结果来回报你。剑持律师你涉嫌妨碍公务、非法入侵民宅、威胁、施暴、违反道路交通法等多项罪名，不过等到十天后，我一定还你一个自由之身。"

津津井律师坚定地向我宣布，随即精神抖擞地走出了探望室。虽然不知道他具体要怎么做，但我相信津津井律师一定能让我重获自由。

接下来的几天里，我接连不断地见了好几个人。

首先是朝阳。

听说我被逮捕后，没过多久她便带着哭红的眼圈过来了。我不禁被她的率真与善良而打动。

据朝阳说，当晚我被捕几十分钟后堂上就被警察包围，带到警察局接受问讯。事实正如我所言，堂上的包里携带着违禁药物，因此当场遭到逮捕。他为此受到了严厉的审讯，估计迟早会承认谋杀及盗窃的罪名。

之后来看望我的是银治。

本以为他是在得知当晚的动乱后过来安慰我的，没想到的是，我将他的爱车撞上栅栏导致那辆宾利彻底报废，此行他只是来向我发牢骚的。

我气呼呼地回了一句："不就是三千万一辆的车吗，再买一辆不就完了？"说完我还嫌不解气，又补上一句，"然后就开着你的新车和平井副总裁父子相认去吧，一大把年纪了硬撑什么面子？"

下一个来看我的是富治。

他为我带来许多点心，还有一本书，令我感激万分。从富治挑选的点心来看，他似乎是个重度甜食党。书则和我想的一样，是马塞尔·莫斯所著的《礼物》。

据富治所说，小亮暂时由拓未和雪乃照顾。他暂时还无法理解养父被逮捕意味着什么，拓未和雪乃必须陪着他，所以没能来探望我。

他还说，由于小亮现在寄住在雪乃家，原本守在别墅里寸步不离的巴卡斯也终于肯去雪乃家生活了。或许是因为犬类能察觉到人类不安的心理，陪伴在人类伙伴身边。想到有善解人意的巴卡斯陪着小亮，我不禁放心多了。

下一个来探望的人出乎我的意料——是哥哥雅俊。

他直勾勾地盯着我："没想到有一天会见到你被关在铁窗后。"

身为法律人士，这句话我可不能当作没听见，于是立即开口反驳："我只是未被起诉的嫌疑人而已。日本遵从无罪推定原则，除非被判有罪，否则我就是无辜的人。因此'铁窗后'这种好像我已经进了监狱的说法未免失之偏颇……"

雅俊突然笑了出来："看来你还蛮精神的。"

别看拘留所的环境不怎么样，我从进来的第一天起就在这里呼呼大睡。两晚过后，我已经把这儿当成了自己家，过上了怡然自得、毫无压力的日子。说我有精神，那是当然的。

"父母都很担心你。"

雅俊说完这句话，我没忍住笑了出来："老妈也就算了，老爸还会担心我？"

然而雅俊的脸上是一副"拿你没辙"的表情："你是父亲引以为傲的女儿，他当然会担心你。"

我不禁一愣："我怎么会是他引以为傲的女儿？他夸的从来都是你而不是我。"

雅俊紧紧盯着我的脸："你真的什么都不记得了？"

可我依旧想不起什么，或许是已经忘了吧。

"你上小学时自己对父亲说过——'我在外面总是被人夸奖，但哥哥却不是，爸爸你在家里多夸夸哥哥吧'。回想一下，总是有种被冒犯的感觉。"

"我说过这种话？"我根本记不起来有这回事。

"是啊，可不是说了！当时我还很伤心来着。"

后来我和雅俊又闲聊了几句，他告诉我自己和优佳的婚礼日期已定，随后便离开了。

最后来探望我的人是纱英。

进了探望室后，纱英带着一副怅然若失的表情，坐在我面前沉默良久。

此次探望是纱英提出的，所以我也不好主动开口劝慰，只好回以沉默。

探望时间只有十五分钟左右，但最开始的五分钟里，我们谁也没有说话。正当站在我身后监视的警察开始有些不耐烦时，纱英简短地说了句："那天谢了。"

以纱英别扭的性子而言，能说出这句话已经很不容易了。

纱英来探望我时，警方对堂上的审讯已经有了相当大的进展，他所供述的内容也在报纸和杂志上引起了巨大轰动。

堂上早就从真佐美的日记中得知小亮并非自己的血脉。但他没有声张，只是想把小亮作为自己的亲生儿子抚养成人。

他的妻子真佐美知道怀上银治孩子的保姆被赶出森川家的往事，因此始终没有向荣治提过这件事。

今年一月二十九日傍晚，荣治叫来堂上，告诉他自己打算变更遗书，将遗产留给自己的亲生子小亮。尽管从荣治的角度来说是出于好意，堂上却因此萌生了杀心。

第二天，即一月三十日凌晨，堂上潜入别墅，在荣治的静脉里注射了即使解剖遗体也难以验出成分的氯化钙。

荣治曾给堂上展示过肌肉达人Z的样品，因此堂上知道别墅内存放药剂的位置。杀害荣治后，他取出一支注射剂塞到了荣治手中。

警方凭借堂上的供述进行搜查，逐渐找到了更多证据。

例如，堂上所持有的大量动物用注射器针头，都与荣治左腿上留下的针孔粗细一致。

据堂上所言，在杀害荣治时，自己的耳边仿佛有恶魔在低语："反正他没几天好活了，早点送他去死也不会遭报应的。"他没能抵挡住那声音的诱惑，最终还是下了毒手。然而紧接着他又意识到，既然已经杀了荣治，如果再让妻子偷情的事情暴露，这人岂不是白杀了？或许是出于我曾向朝阳提到过的"协和式飞机效应"的影响，当村山找他谈话，问他要不要代领亡妻的遗产时，他便对村山也起了杀心。

堂上将动物用汉方药里的乌头碱涂在香烟的过滤嘴处，借此杀害了村山。在与村山的谈话中，他得知那份前女友名单就放在保险箱内，因此又盗走保险箱，扔进了附近的河里。

"纱英，你早就知道荣治与堂上夫人偷情的事吧？"

纱英一言不发地点了点头。

纱英曾细心查看过那份前女友名单，自然知道上面写着堂上亡妻的名字。但她不好意思说死者的坏话，才会为此闷闷不乐。正因为她守口如瓶，这件事才始终无人知晓。然而她却因此成为凶手欲除之而后快的目标，不得不说是种讽刺……

"对了，你要的东西我带来了。"纱英将一沓厚厚的纸拿在手上，"他们之后会拿给你。"

这是我让津津井律师带话，请纱英帮忙收集的资料。

"谢谢。"我向纱英道谢。

"没事。"纱英摇了摇头。她的侧脸依旧一点也不可爱。

一对银色的星形耳环在她耳边不住摇晃。感觉这种清爽的设计不太符合纱英的喜好，我下意识地说了句："你的耳环很漂亮。"

听了这句话，纱英望着我，用手摸着耳边。

与我默默对视了十秒左右之后，纱英渐渐湿润了眼眶。

她再次侧过脸去，仿佛在逃避我的视线。

"这是在我的成人式上，荣治哥送的礼物。"纱英眨了眨眼，一颗泪珠随即落下，"荣治哥死了，堂上医师也被捕了。"她喃喃自语道，"我真是没什么男人运。"继而俯下身子抹了抹眼泪，"为什么我的恋情总会以一厢情愿而告终呢？"

尽管我觉得纱英恋情受挫与男人运无关，却又有些同情一反常态而变得温顺可爱的她，便没有再多说什么。

爱慕着荣治，却同时对杀害荣治的堂上怀有些许好感 ——
或许纱英的心里也在憎恨着这样的自己。

我下意识地掏出纸巾想递给她 —— 这是雅俊担心我的花粉
症，探望时带给我的 —— 但被隔在中间的亚克力板挡住了。我
不是不知道，只是一时忘却了它的存在。

我握着纸巾，用手抵着亚克力板。

"唉，你的运气是不太好。"我努力让自己的声音显得开朗
一些，"去结缘神社之类的地方拜一拜就好了。"

纱英突然向我投以充满挑战性的目光，继而扔下一句：
"我才不要和你一起去。"

真是一点都不可爱。

我本想告诉她这才是她谈不成恋爱的真正原因，但要是说
了，肯定又要吵起来，想想还是作罢了。

"你还在局子里受警察关照呢，多担心担心自己吧。"纱英
站起身来，转身离开了探望室。

希望这个世上能有那么一个男人喜欢上纱英，在固执而倔
强的她身上感受到独特的魅力 —— 望着纱英苗条的背影，我只
能在心底暗自为她祈祷。

纱英离开后，我细细阅读了她带来的《基因组 Z 股份有限
公司法务调查报告》。

在调查报告第四十八页有这样一行小标题 ——《与指定暴
力团的相关纠纷》。

在拘留所里，我长长地叹了口气。

这下所有的谜题就全部解开了。

2

令人惊讶的是正如津津井先生所言，被关押十天后，我的确得到了释放。

虽然不清楚津津井律师用了什么办法，不过简单来说，似乎是拜托了检察院里的某位大人物。

此时已经临近四月下半月。在与世隔绝十天后，我感觉自己简直像是浦岛太郎[1]一样，有种恍如隔世的感觉。

受到审讯的堂上最终因杀害荣治及村山的罪名正式遭到逮捕。有关肌肉达人Z副作用的报道随着真凶被逮捕而呈现反转之势，森川药业的股价也不可思议地高涨起来，或许是因为媒体纷纷发表了对荣治持同情态度的文章吧。

堂上正式遭到批捕的几天后，金治总裁、平井副总裁，以及定之前专务发表了联合声明——

"凶手评选会对堂上为'凶手'一事不予认定。"

---

1 日本古代传说中的人物，原为渔夫，因救了龙宫中的神龟，被带到龙宫，并得到龙王女儿的款待。临别之时，龙女赠送他一玉盒，告诫不可以打开它。太郎回家后，发现认识的人都不在了，他打开了盒子，盒中喷出的白烟使太郎化为老翁。

　　或许他们认为，即使是出于死者的遗愿，也不能容忍杀人犯获利。

　　这一合乎道德的决定大快人心，森川药业的股价也愈加高涨。

　　四月二十四日星期日，离我被释放已经过了一周左右。

　　上午，我精心打扮后赶往横滨。富治的一艘大型游艇将于今日出港游览，我也以嘉宾的身份受到了邀请。

　　令人目瞪口呆的是，别看富治没有汽车驾照，却能驾驶游艇。此次出港的目的是给富治庆祝生日，同时展示重新涂装好的游艇。金治为此遍邀了森川家族的亲朋好友。

　　不过我打从一开始的目标就是拓未。

　　神采飞扬地登上游艇，我无视前来迎接的富治，穿过打扮得光彩照人的众多男女，一心寻找起拓未来。

　　在二楼发现了与雪乃一同坐在沙发上的拓未后，我径直走上前去。

　　"方便借一步说话吗？"

　　"什么事？"拓未不解地问道。

　　雪乃也是一脸疑惑，在我和拓未之间望来望去。

　　我无视二人的反应，继续说道："好几次约你见面，你都不肯出来，不好意思，只好换个地方找你了。"我用下巴指了指外面的甲板，"你要是觉得在那儿合适，那也可以。"

　　拓未死心似的垂下肩膀，继而默默起身，跟我走上了甲板。

　　游艇已经慢慢驶出横滨港。春日的阳光暖洋洋的，拂过的微风也令人倍感舒适。日光被周围的水面反射，宛如镜子的碎片散落开来，美得令人心醉。

我的鼻子里突然痒痒的，紧接着打了个喷嚏。我患有花粉症，要是事先吃点药就好了。

"还有一周，离荣治去世就满三个月了。"我用一只手扶着甲板上的栏杆。

"唉……"拓未似乎在试探着我的态度。

"也就是说，再过一周，就满足遗书中——'若在我死后三个月内没能确定凶手的身份，我的遗产将全部上交国库'的条件，遗产将全部上交给国库。"

"那又如何？"拓未冷冷地说着，将视线投向海面。

而我不动声色地继续说道："金治总裁似乎不打算继续争论遗书的有效性了，毕竟荣治已经有了自己的亲生儿子——小亮。"

"此话怎讲？"拓未似乎没想到我会提起这件事，有些诧异。

"只要通过 DNA 鉴定确认两人之间生物范畴上的父子关系，就可以由小亮提出私生子认证申请，请求认证自己与荣治法律范畴上的父子关系。这样一来，小亮就是荣治财产的唯一继承人，连法定继承人金治总裁都会被排除在外。对于金治总裁来说，既然这笔钱无论如何都落不到自己手上，自然也就没有必要争论遗书的有效性了。"

拓未疑惑地问："荣治已经去世了，还能做 DNA 鉴定吗？"

我点了点头："即使荣治已经去世，只要从他哥哥富治身上提取受检体进行 DNA 检测，也有足够的准确性。而且荣治给富治捐献过骨髓，当时的治疗记录里应该还保留着荣治的 DNA 信息。只要进行比对，应该能够准确鉴定出两人的父子关系。"

"原来如此。只要荣治与小亮的父子关系得到承认，小亮就成了荣治遗产的唯一继承人。可是荣治对自己的遗产别有安排，这些遗产最终会被怎样处理呢？"拓未不动声色地问，但我注意到他的眼神里闪过一丝焦躁。

"即使遗书里对遗产另有安排，小亮依然有权利分得一半遗产。这在法律术语中叫作'特留份'。而剩下的那一半，或许的确会按照遗书的安排上交国库吧。"

拓未瞥了我一眼："荣治拥有股份、不动产等多种形式的资产，如果其中一半分给小亮，另一半上交给国库，要怎样分配呢？"

"我就知道你最关心这个问题。"我微微一笑，"办理交接手续时，工作人员会考虑实时价格与资产性质等要素，妥当进行分配。不过你大可放心，我会向小亮的监护人打招呼，让他将基因组 Z 的股份移交给国库的。"

拓未默默地将胳膊交叉在一起。

我们两人周围似乎被一片寂静笼罩，连周围宾客的谈笑声也仿佛来自遥远的地方。

我深吸一口气，又长长地呼出来。

"我知道荣治为什么会留下如此奇妙的遗书了。"听了我的话，拓未粗重的眉毛轻轻抽动了一下，"是为了将基因组 Z 的股份上交国库而做出来的文章吧？"

拓未放弃抵抗般闭上双眼，但又立即睁开，仿佛想试探我是否真的看透了一切。

"我就听你说到最后吧。"我微笑着点点头，"听说平井副总裁在森川药业的权力日益强大，几乎要将森川家族的人排斥在管理层之外。为了与之抗衡，你也不得不拿出经营成果。"

听了我的话，拓未抿了抿薄薄的嘴唇。

"而你所看中的，就是掌握着最新基因组编辑技术的基因组 Z 股份有限公司。当你得知这家拥有高新技术的公司正在以优越的条件寻找买家时，你便以私人资金收购了这家公司的股份。"

拓未无动于衷，我继续侃侃而谈。

尽管拓未以优越的条件从上一位股东手里收购了股份，然而天底下没有免费的午餐。

刚刚获得股份不久，拓未就遭到了指定暴力团的皮包公司——清州兴业的骚扰，对方打算逼迫拓未将手上的股份出售给他们。一旦掌握了基因组编辑这一高新技术，就既能制造杀人不留痕迹的药物，又能人为地增强肌肉，训练出强大的打手。清州兴业打算将这项技术灵活融入自己的业务中，继而牟取暴利。

基因组 Z 公司有把柄在清州兴业手上，因此难以拒绝——

十多年前，他们在指定暴力团的协助下进行过非法人体实验，清州兴业便以此进行要挟。

上一个股东不堪其扰，开始以优惠价抛售基因组Z公司的股份，而收购者正是拓未。通常情况下，收购者在收购公司之前，应该聘请专业人士对该公司进行全面的法务调查，以确认其是否存在重大缺陷，然而急于求成的拓未却疏忽了此事。

说到这里，我把那本封面上印着"法务调查报告"的小册子拿出来给拓未看。

所谓法务调查报告，即收购某公司之前，由律师对该公司是否存在法律风险一事进行调查并整理出的报告。

"这份报告可真是草率得很啊。'与指定暴力团的相关纠纷'这部分记录了清州兴业曾多次派人上门向基因组Z公司进行索赔的情况。尽管上面写着'基因组Z公司的员工表示索赔问题已经得到解决'，但还是得调查得更详细才行啊。"

"你怎么会有这个？"拓未指着我手里的报告问道。

"这你就别管了，我自有门路。"

这是我让纱英帮忙弄到的，但当然不会告诉他。

"为什么你会知道这件事？"拓未向我问道。

我又掏出了那份股份转让合同的复印件。

"这也是我通过自己的门路拿到的。上面记载着你从前任股东手中收购股份时的签约条件。可以看到，签约价格极其低廉，条件也对你十分有利。内容乍看之下没有什么怪异之处，实际上却过于遵循定式。"

看到自己签署的合同的复印件居然出现在我手上，拓未显得有些惊愕，但他似乎更想听我把话说完，因此只默默地点了点头。

"这样反而不太对劲。不同公司的收购风险不同，转让股份的条件也因此千差万别。正因如此，收购一家公司之前，一定要仔细调查其是否存在重大缺陷。如果有不够安全的部分，拟定合同时就要格外小心。然而这份合同的内容却过于平淡无奇，只能说明在收购之前，你根本没有进行足够详细的法务调查。"

拓未紧紧绷着面孔。

"检查过这份法务调查报告后，果然不出所料——我发现调查书是编造的，合同也是在匆忙之间签订的。于是我找了公司的上一任股东，询问了他关于收购的事。"

"原来如此。"拓未交叉着胳膊说道，"不过即便如此，这与荣治的遗书又有什么关系呢？"

我早就等着这句话了，于是微笑着回道："到了后来，拓未你也感到基因组 Z 的股份是块烫手山芋了吧？于是你以加深与基因组 Z 公司的协作关系为名，将森川药业牵扯进来进行共同开发，又拉荣治来做出资者，实际上却是因为这家公司内部藏着一颗定时炸弹。后来甚至有传言说，你和荣治都受到了指定暴力团的成员的盯梢。"

大公司的经营者通常高高在上，受到层层保护，因此反而对黑社会方面的事相当陌生。可是与大企业有交易关系的中小企业经营者们，却会以谨慎的眼光审视这方面的问题。也正因如此，经营中等规模贸易公司的筱田的父亲，才会提醒儿子不要与森川家往来。

而打给雪乃的无声电话，以及放在邮箱里面的刀子，应该也都是指定暴力团的成员干出来的好事。

"你和荣治就这件事商量过许多次。而你与荣治、村山律师三个人谈论的场景也被他们偷看过许多次。最后一次遭到偷看是一月二十七日，荣治留下第一封遗书的那天。"

听了我的话，拓未默默地点了点头。

看来他并不打算否定我的说法。

"你们的目的从一开始就是将基因组 Z 公司的股份转让给国库。一旦有财务局介入，暴力团将对此无从下手，公司掌握的基因组编辑技术也就不会被拿去为非作歹。在股份转让给国库之前的这三个月里，你始终在为新药 —— 肌肉达人 Z 能够顺利拿到上市许可而奔波。"我将视线投向海面，这让我联想起乘坐直升机时所看到的河面，"清州兴业也注意到了你们的行动。因此为了阻挠遗书的执行，对方始终在妨碍我们打捞保险箱。还好我们出动了直升机，不过银治先生也为此多花了五百万。"

拓未脸上的表情缓和下来："银治舅舅很会赚钱，这点小钱对他来说不算什么。"接着他挠了挠头，"事实全部如你所言，与我一同想出这个主意的荣治和村山律师都已经去世，我还以为这个秘密只会留在我一个人心里。"

他的表情看上去与其说是不甘，不如说是安心，因为他已经不用独自背负这个秘密了。

"但还有一件事我不太理解。"我直截了当地问道，"为什么要将遗产留给凶手？还有，真的有必要将遗产留给包括前女友在内的那么多旧识吗？一开始就在遗书里写上交国库不就好了？"

既然已经追究至此，我希望能将最后一个谜题解开。

"这是荣治为了保护我而提出的。"拓未的眼神像是眺望着远方，"身边的人都把我和荣治当作竞争对手，从各方面进行比较，但我们都很欣赏对方，关系也很融洽。"

拓未说，荣治担心这件事情暴露后，会影响拓未的职业生涯。

他知道自己体弱多病，命不久矣，便希望借自己的死来掩盖拓未在收购基因组 Z 公司时出现的失误，避免让森川家族和公司里的员工知道此事。

——反正我已经没几天活头了，丑角干脆由我来做。希望你能带着我的份儿一起出人头地。

荣治似乎对拓未说过这样的话。

荣治希望人们这样理解这件事 —— 都是因为他临死前的古怪行径，被牵扯进来的拓未才会在无奈之下将基因组 Z 公司的股票上交给国库。

这样就能掩盖拓未履历上的污点。

　　"如果上交得过于仓促，与政府机关之间关于新药的协调可能会遇到障碍，因此我们需要三个月的准备时间。为了让我在此期间暗中斡旋、不被发现，荣治特地安排将这些麻烦事交给公司员工和森川家族的人去做。"

　　想起荣治遗书的内容，我插嘴道："于是他就搞了个'凶手评选会'，把森川药业三位高层全部牵扯进去。又将自己的遗产分发给一大批人，让森川家族的其他成员同样疲于奔命，对吧？"

　　拓未点了点头："尤其是平井副总裁有着极强的洞察力，必须将这份洞察力转移到其他方面才行。于是荣治想出了一个办法——可以用'杀人''凶手'等字眼诱使媒体出动，让副总裁等人被媒体围追堵截，无暇思索其他事情。此外在森川家里，也有像富治那样认为我和荣治水火不容的人，等到荣治一死，他们一定会对我的动作百般关注。为了引开那些视线，荣治才写下了那些麻烦的馈赠内容。"

　　"不惜把事情弄得如此夸张，就只是为了掩盖你职业生涯的污点吗？"我问拓未。

　　"是啊。我和你想的一样，最开始极力反对荣治的做法。接受他这么大的人情，我自己会不好意思。其次，就像富治提过的'竞争性馈赠'，他给予我太多太多，我却根本无以为报。"

　　确实如此。荣治甘心扮演丑角，给身边的人们添了不少麻烦，最终却只有拓未得到好处。无论两人的关系再怎么好，受了对方这么大的人情，拓未心里想必也很不好受。

"但我知道，荣治在内心深处期盼着森川药业与我个人的事业都能获得成功，因此我也下定决心接受他的好意。想要堂堂正正地接受他的赠礼，我自己也必须做好万全的准备。为了不辜负他的一片心意，我一定会让森川药业蓬勃发展下去。"拓未将那张黝黑而忠厚老实的面孔转向我这边，"再过一周，荣治和我的计划就能顺利实现。肌肉达人 Z 上市的布局工作也已经完成，后年就可以发售了。届时，丽子律师你怎么做都没关系，把我们的计划告诉平井副总裁也没关系。而我也会将这一切和盘托出，然后退出森川药业的经营团队。"

拓未凝视着我，嘴巴闭得死死的，似乎已经做好了心理准备。

但我早在来到这里之前就已经做好了一个决定。

如果拓未死不承认，或是百般寻找借口，就说明他没有经营者的资质，届时我会将自己手中的信息卖给平井副总裁。

但反过来，如果拓未肯坦然承认的话……

"这件事就当你欠我一个人情好了。"

听了我的话，拓未严肃的表情依旧未能缓和。

"不过我好歹也是个律师，如果平井副总裁雇我做他的顾问律师，让我对这件事进行调查，我也就只能受人之托，忠人之事了。"我微微一笑，随后说道，"你要怎么办？难道不打算抢占先机吗？"

拓未先是惊愕地眨着眼，继而嘴角松弛下来："你是想让我请你做顾问律师吗？"

"我倒是无所谓。不过要是有合同在先，即使是平井副总裁或金治总裁有求于我，我也不能做出违背雇主利益的事。"

拓未突然哈哈大笑："不愧是荣治的前女友。好吧，我答应请你做我的顾问律师。"

说罢，拓未伸出一只大手。

"希望你能早日出人头地，将来邀请我出任森川药业的顾问律师。"

我也伸出手来，握住拓未的手。春日明媚的阳光洒在我们手上，反射出耀眼的光芒，我感觉荣治此时仿佛也在伸手与我们相握。

3

荣治遗赠之外的半数遗产最终按照他和拓未的意愿上交给了国库。剩下的一半由小亮继承。而我自然一分钱也没有得到。

从荣治手中继承的那部分房产，我也低价转让给了朝阳。

后来朝阳高兴地告诉我，这下她去医院上班方便了许多，原本卧病在床的母亲的病情也好转了，能打起精神除草了。

雪乃依然总是被纱英找碴儿，只好躲着她，但后来雪乃偷偷告诉我，纱英最近似乎也在参加相亲之类的活动了。

拓未和雪乃收养了小亮，荣治的爱犬巴卡斯与他们住在一起。朝阳时不时也会过去陪小亮玩耍。

年幼的小亮似乎还无法完全理解自己身上发生的事，但拓未说今后会把这些事慢慢讲给他听。

而我最终也回归了原本就职的山田川村·津津井律师事务所。

归根结底，我还是能从津津井律师身上学到不少东西的。

津津井律师对我今后的成长寄予厚望，至于奖金，他表示少一点没关系。但我绝不能容忍他再用这种理由克扣我的奖金了，于是回到事务所后，我进行了激烈的抗议，把其他律师都吓蒙了。不过为了钱，受再多白眼又有什么关系呢？

村山的民生律师事务所倒闭了，不过他没有做完的案子都被我接了过来。

他手上的都是当地纯朴的百姓们委托的一些小案子，根本赚不了几个钱。原本我更乐意与那些更加了不起的、能让我赚到更多钱的委托人合作，但村山说过的话始终萦绕在我心头，让我一反常态地为这些无利可图的案子奔波起来。

我也因此变得比过去更加忙碌。五月黄金周假期结束后，银治发来信息联络，说自己刚买了新车，打算过来看看我。

我可没闲工夫陪他胡闹，任凭他怎么打电话都置之不理。最后他不耐烦了，居然又像上次那样，在我家楼下没完没了地按起门铃，彻底打破了本属于我的周末清晨的宁静。

我怒气冲冲地下楼，只见银治穿着破洞牛仔裤和衬衫，又是一副装嫩的行头。他对我招着手说"你过来嘛"，我于是走出了公寓楼。

跟他来到公寓楼前，发现那里停着一辆香蕉一样明黄色的劳斯莱斯，看上去怎么也得值六千万。

"毕竟我的宾利已经被你开报废了。"银治一边走着，一边装作若无其事的语气说。

我正想揶揄他几句，但靠近那辆车后，发现副驾驶席上坐着一位六十岁左右的女士，便没作声。

对方也注意到了我，走下车行了个礼。

这位女士身着轻薄的灰色连衣裙，看上去显得谦恭而拘谨。

但她眼中却闪耀着少女般的光辉，透露出一股质朴而活泼的气息。

那辆品位低级的香蕉色豪车完全不能与她的气质相配。

"我已经和平井副总裁父子相认了，同时也得知了美代女士至今未婚的事。"银治在我身旁说道。随后他走到车边，打开副驾驶的车门，搀扶着那位女士再次坐进车里。继而转过身来说道："我这会儿正要和美代女士一起外出兜风。"

我看了看他的脸——一副色眯眯的表情。

"打光棍儿打到现在，看来是值了啊。"说到这里，他装模作样地冲着我竖起大拇指，摆了个莫名其妙的姿势，看上去欠揍得很。

不过银治当然不会注意到我的想法。只见他启动那辆香蕉色的劳斯劳斯，载着美代女士一阵风似的离去了。

"好家伙，特地过来一趟，就是为了向我炫耀。"

　　目送车子离开后，我在原地呆呆地站了好一会儿。一阵微冷的风吹来，我不由得打了个喷嚏。

　　当我打算回家时，不经意间留意到楼下的邮箱。

　　给信夫写封回信吧 —— 我在心里如是想道。

图书在版编目（CIP）数据

前男友的遗书 ／（日）新川帆立著；张佳东译.
一成都：四川文艺出版社，2022.3
ISBN 978-7-5411-6129-2

Ⅰ．①前… Ⅱ．①新… ②张… Ⅲ．①推理小说－日
本－现代 Ⅳ．① I313.45

中国版本图书馆 CIP 数据核字 (2021) 第 211075 号

元彼の遺言状（MOTOKARE NO YUIGONJO）by 新川帆立
Copyright © 2021 by Hotate Shinkawa
Original Japanese edition published by Takarajimasha, Inc.
Chinese translation rights in simplified characters arranged with Takarajimasha, Inc.
Through Japan UNI Agency, Inc., Tokyo
Chinese translation rights in simplified characters translation rights © 2022 by Beijing Xiron Culture
Group Co., Ltd.

版权登记号：图进字 21－2021－326 号

QIAN NANYOU DE YISHU
前男友的遗书
［日］新川帆立 著 张佳东 译

出 品 人 磨铁图书
特约监制 冯 倩
责任编辑 陈雪媛
责任校对 汪 平

出版发行 四川文艺出版社（成都市槐树街 2 号）
网 址 www.scwys.com
电 话 010-82068999（市场部） 028-86259303（编辑部）
传 真 028-86259306

印 刷 嘉业印刷（天津）有限公司
成品尺寸 145mm×210mm 开 本 32 开
印 张 8.25 字 数 180 千字
版 次 2022 年 3 月第一版 印 次 2022 年 3 月第一次印刷
书 号 ISBN 978-7-5411-6129-2
定 价 48.00 元

大魚讀品

A
BOOK
MUST
BE
THE
AXE
FOR
THE
FROZEN
SEA
INSIDE
US

所谓书，必须是砍向我们内心冰封大海的斧头
-
卡夫卡

KAFKA

BIG FISH BOOKS

大鱼读品是磨铁图书旗下优质外国文学出版品牌,名字来自于美国小说家丹尼尔·华莱士的小说《大鱼》。我们认为小说中的大鱼象征着无限的可能性,而文学一直在试图通向无限。

大鱼团队将持续地去发现这个世界精神领域的好东西,通过劳作,锤炼自己,让自己有力,让好作品更好地被传播,从而营养自他,增进自他福祉。

大鱼的读书观、选书观基本可以用卡夫卡的这句话高度概括:所谓书,必须是砍向我们内心冰封大海的斧头。

RACHEL JOYCE

THE UNLIKELY PILGRIMAGE OF HAROLD FRY

一个人的朝圣

[英] 蕾秋·乔伊斯 著 黄妙瑜 译

欧洲首席畅销小说，热销 5 年不衰，入围 2012 年布克文学奖。全球销量过 4,000,000 册，简体中文版销量过 1,500,000 册。
这一年，我们都需要他安静而勇敢的陪伴。

一个人的朝圣（精装版）

[英] 蕾秋·乔伊斯 著 黄妙瑜 译

80 万册精装纪念版，收录作者长篇专访　原版木刻插画、作者给中国读者的信，赠英文别册。
献给每一次对生活的胜利，对悲伤的疗愈，对爱的唤回。

THE LOVE SONG OF MISS QUEENIE HENNESSY

一个人的朝圣 2：奎妮的情歌

[英] 蕾秋·乔伊斯 著 袁田 译

《一个人的朝圣》相伴之作
系列简体中文销量超过 300 万册！
当哈罗德开始旅程的同时，奎妮的旅程也开始了
哈罗德被千万的人爱着，奎妮也一样
这一年，我们都需要她安静而笃定的陪伴。

PERFECT
时间停止的那一天
[英] 蕾秋·乔伊斯 著 焦晓菊 译

触动万千读者的全球热销书
《一个人的朝圣》作者口碑新作

别害怕失去生活的勇气，因为它一刻也未曾离开过我们。

THE MUSIC SHOP
奇迹唱片行（2021年新版）
[英] 蕾秋·乔伊斯 著 刘晓桦 译

当你静下来聆听，世界就开始变化。
这儿有家唱片行。一家明亮的小小唱片行。
门上没有店名，橱窗内没有展示，店里却塞满了古典乐、摇滚乐、爵士乐、流行乐等各种黑胶唱片。它时常开到深夜。
孤独的、失眠的、伤心的或是无处可去的……形形色色的人来此寻找唱片，或者，寻找自己人生的答案。而老板弗兰克，四十岁，是个熊一般高大温柔的男人。只要告诉他你此刻的心情，或者讲讲你的故事，他总能为你找到最合适的唱片。
一个关于跨越藩篱、不要畏惧未知的疗愈故事，一首跳动着希望和温暖的动人情歌，还有声音那抚慰人心的神奇力量。

A SNOW GARDEN & OTHER STORIES
一千亿种生活
[英] 蕾秋·乔伊斯 著 吕灵芝 译

全球热销书《一个人的朝圣》作者蕾秋·乔伊斯
首部不可思议的魔力治愈故事集。
我们的相遇不过是一个无比平凡的意外，生活还有一千亿种可能。
致所有独自行走在热闹生活中的你。

THE GREAT ALONE

伟大的孤独

[美] 克莉丝汀·汉娜 著 康学慧 译

小说天后克莉丝汀·汉娜《萤火虫小巷》后碾压全球畅销榜的全新作品

爸爸总是告诫蕾妮外面的世界很危险，其实她的家里才是最危险的

纸书榜、电子书榜、有声书榜，图书馆借阅榜四冠加冕！

你从热闹中失去的，会在孤独中找回来

THE SEVEN DEATHS OF EVELYN HARDCASTLE

伊芙琳的七次死亡

[英] 斯图尔特·特顿 著 徐颖 译

每天晚上 11 点，伊芙琳必然死去。

在父母举办的舞会上，伊芙琳·哈德卡斯尔将再一次被杀。她已经被谋杀过一次又一次，而每一次，艾登·毕肖都没能成功拯救她。打破这一循环的唯一方法就是找出凶手。但每天重新开始之时，艾登都会在一个不同的宾客身上醒来。而且，有人正竭力地让他永远被困在布莱克希思庄园。

推理迷的烧脑盛宴，经典犯罪模式全景呈现。如同翻开推理版《土拨鼠之日》，这本书会带给你前所未有的阅读体验。不到最后，你不会发现真相。

LÄSARNA I BROKEN WHEEL REKOMMENDERAR

偷心书店

[瑞典] 卡塔琳娜·碧瓦德 著 康学慧 译

一个属于爱书人的美妙故事。瑞典女孩莎拉和美国人艾美凭借着对书的共同爱好，跨海展开了一段忘年友谊。但当莎拉终于踏上拜访艾美的旅程时，迎接她的，竟是艾美的死讯。古道热肠的小镇居民决定代替艾美接待这位外国客人。小镇生活为莎拉的人生点亮了新的可能，她决定在这偏僻的小镇中开一家书店。因为这家书店，更多奇妙的可能性出现在了她和小镇居民身上。

引发 25 个国家版权争夺战、《纽约时报》畅销书、英国"查理与朱蒂"读书俱乐部选书、美国亚马逊书店推荐书目、美国独立书商协会 Indie Next #1 选书

SHANTARAM

项塔兰

[澳大利亚] 格里高利·大卫·罗伯兹 著 黄中宪 译

一个文艺大盗的 10 年流亡，成就一部传奇经典，
人生低谷时必读的涤荡心灵之书！
全球畅销 600 万册，发行 122 个版本，被译成
39 种语言

THE AWAKENING
觉醒

[美] 凯特·肖邦 著 齐彦婧 译

她一遍遍问自己：什么才是真正的生活？
美国女性文学代表作，因"大逆不道"成为禁书
再版 100 余次，121 年来长销不衰，被誉为"蒙尘的经典"
因在文学上的卓越贡献，作者故居被评为美国国家历史
名胜
作品被选入大学教材，成为美国大学生必读书
作家、资深媒体人郭玉洁 4600 字深入导读

SOUFFLÉ

忧伤的时候，到厨房去

[土] 爱诗乐·沛克 著 韩玲 译

莉莉娅某天醒来发现，她的婚姻可能并不是看上去那么
美好；马克仍然无法面对挚爱的妻子离开后空荡荡的公
寓；菲尔达深陷在原生家庭的泥淖中。但是他们都只想
做的事情是——随着心中还留下的热情走：带着一颗自
由的心灵为真正爱的人下厨。
"看到季节的更替清晰地反映在农贸市场里时，他才第
一次明白整个世界就是一件完整的艺术品。"
纽约，巴黎，伊斯坦布尔。三个城市，三场挫败，三个
厨房，一曲人生的舒芙蕾之歌。

EN MAN SOM HETER OVE

一个叫欧维的男人

[瑞典] 弗雷德里克·巴克曼 著　宁蒙 译

北欧小说之神巴克曼公认口碑代表作
全球销量超过 1000 万册，豆瓣读者 9.2 高分推荐
改编电影提名奥斯卡最佳外语片
来，认识一下这个内心柔软，充满恒久爱意的男人

BJÖRNSTAD

熊镇

[瑞典] 弗雷德里克·巴克曼 著　郭腾坚 译

全球热销1300万册的瑞典小说之王
弗雷德里克·巴克曼
《一个叫欧维的男人》《外婆的道歉信》
《清单人生》之后超越式里程碑新作

读第一遍，有100处细节征服你；
读第二遍，又有100处

我们守护什么，我们就成为什么

VI MOT ER

熊镇 2

[瑞典] 弗雷德里克·巴克曼 著　郭腾坚 译

李银河、吴磊、马天宇、冯唐、李尚龙、七堇年、笛安、
陶立夏、柏邦妮书单
不仅关于冰球和运动，更写尽了成长为一个真正的人
所面临的一切抉择和思索
我们守护什么，我们就成为什么

OCH VARJE MORGON BLIR VÄGEN HEM LÄNGRE OCH LÄNGRE

人生第一次

[瑞典] 弗雷德里克·巴克曼 著 余小山 译

第一次相遇、第一次告别、第一次陪伴，第一次的爱
这个奇妙又温柔的故事，让你想起那些和家人、爱人共
度的好时光
外面世界的精彩，远不敌眼前人的可爱

EN HELT VANLIG FAMILJ

谎言之家

[瑞典] 马提亚斯·爱德华森 著 郭腾坚 译

在瑞典每 60 人就有 1 人在读的畅销书
售出 33 国版权，北欧版《无声告白》
女儿：我们是一个看似普通的家庭，其中隐藏着深不
可测的秘密。
父亲：我最深的恐惧就是保护不了我的家人。
母亲：为了我的家庭，我会不择手段。
**有时，比起伤人的真相，
我们宁肯选择一个让人舒服的谎言。**

도가니

熔炉：10 周年修订版

[韩] 孔枝泳 著 张琪惠 译

读者票选能代表韩国的作家、韩国文学的自尊心孔枝
泳口碑代表作
孔侑念念不忘，亲自投资主演同名电影，位列豆瓣
电影 TOP20，9.3 超高分
韩国前总统李明博激赏，李现、朴赞郁、张嘉佳
郑重推荐
**我们一路奋战，不是为了改变世界，
而是为了不让世界改变我们。**

LE PETIT PRINCE

小王子（中法双语版）

[法] 安托万·德·圣埃克苏佩里 著　胡博乔 译　卤猫 绘

留在地球上的小王子
卤猫倾心绘制 30 幅插画
翻译家胡博乔汁原味译自 1946 年法国首版
献给小王子诞生 75 周年

엄마를 부탁해

请照顾好我妈妈

[韩] 申京淑 著　薛舟 / 徐丽红 译

她为家人奉献了一生，却没有人了解她是谁。

缔造 300 万册畅销奇迹的韩国文学神话，获第 5
届英仕曼亚洲文学奖
作者申京淑为第一位获得此奖的女性作家

每读一遍都热泪盈眶，真诚的文学饱含永不过时
的情感和力量。
读完这本书，我很想给妈妈打个电话，问她：
"妈妈，你也曾有自己的梦想吧？"

FLIPPED

怦然心动（中英双语版） [美] 文德琳·范·德拉安南 著　陈常歌 译

豆瓣 130 万读者共同认可，
电影原著双语纪念版。
斯人若彩虹，遇上方知有。
韩寒、卢思浩、《中国成
语大会》嘉宾郦波教授推
荐电影原著小说。

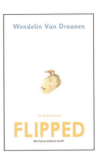

美男子と煙草

美男子与香烟

[日] 太宰治 著　吴季伦 译

**昭和文学不灭的金字塔，永远的少年太
宰治**

令人叹为观止的自传体短篇小说 12 篇

收录导演王家卫钟爱的《美男子与香烟》
/ 进入日本高校教材名篇《富岳百景》
珍贵绝笔之作《Goodbye》

女生徒

女生徒

[日] 太宰治 著　刘子倩 译

三度殉情，最懂女人的男作家**太宰治**
令日本文坛刮目相看的女性小说杰作 12 篇
呈现少女心的明亮太宰，理想主义的纯真太宰。

"能目睹《女生徒》这样的作品，是时评家
偶然的幸运。"——川端康成

HIMNARÍKÍ OG HELVÍTI

没有你，什么都不甜蜜

[冰岛] 约恩·卡尔曼·斯特凡松 著 李静滢 译

冰岛值得阅读的桂冠级诗人小说家，入围2017年布克文学奖。
一场大风雪，一个男孩的三天三夜，那个古老迷人的冰岛世界。

HARMUR ENGLANNA

天使的忧伤

[冰岛] 约恩·卡尔曼·斯特凡松 著 李静滢 译

冰岛桂冠级小说家 ‖ 诺贝尔文学奖实力候选！
英、法、西、德、冰、丹、挪等权威媒体盛赞本书"天堂般美妙""每一段都像诗""不可替代的光芒""美的奇迹"
无尽的风雪、海浪群山，一个男孩和一个邮差的奇异之旅。

HJARTA MANNSINS

世界尽头的写信人

[冰岛] 约恩·卡尔曼·斯特凡松 著 李静滢 译

当空中有云，海里有帆，鱼群昼夜不停。我想给你写信。
诺奖实力候选人、冰岛桂冠级诗人小说家斯特凡松步入世界文坛代表作，译为 27 种语言。
我们在字里行间纠缠着爱，所以才有了历史。

WHERE'D YOU GO, BERNADETTE

伯纳黛特，你要去哪

[美] 玛利亚·森普尔 著 何雨珈 译

"大魔王"凯特·布兰切特被小说折服，主演同名电影
席卷46国，全球销量超过700万册！
蝉联《纽约时报》畅销榜、美国国家公共电台畅销榜
长达88周Goodreads 超过30万读者打出满分好评
136家媒体"年度图书"推选！

ALICE IN WONDERLAND

爱丽丝漫游奇境（155 周年纪念版）

[英] 刘易斯·卡罗尔 著 [西班牙] 茱莉亚·萨达 绘 里所 译

155 年以前，一只匆忙经过的白兔引起了爱丽丝的好奇心。
这个女孩决定跟着兔子跳进洞里展开冒险
疯帽先生、红心皇后、柴郡猫这些超现实的人物已经存在了
150 年了。

现在，就让我们跟随西班牙桂冠插画师，茱莉亚·萨达的
全新画风和诗人里所的全新翻译共同重新体验这个我们再
熟悉不过的奇幻故事吧！

DEN RÖDA ADRESSBOKEN

红色地址簿

[瑞典] 苏菲亚·伦德伯格 著 华静文 译

自费出版半年内凭借超强口碑卖出 32 国版权
被 650 万欧洲读者推荐为"一生之书"的惊艳处女作
人生很长，我们不必孤身一人

NAIV.SUPER.

我是个年轻人，我心情不太好
（20周年纪念版）

[挪威] 阿澜·卢 著 宁蒙 译

北欧畅销书，挪威版《麦田里的守望者》
被无数读者津津乐道20年。
给每一个迷茫的孩子和心情不太好的大人。

DOPPLER

我不喜欢人类，我想住进森林

[挪威] 阿澜·卢 著 宁蒙 译

北欧畅销小说《我是个年轻人，我心情不太好》第二
季
被无数读者津津乐道15年并畅销不衰，风靡全球
41国。打动了每一个在现代都市中生活、扮演某种
角色，并感到疲倦的人。
逃避不可耻，还很有用

L

我的人生空虚，我想干票大的

[挪威] 阿澜·卢 著 宁蒙 译

北欧畅销小说《我是个年轻人，我心情不太好》炫酷
新作。

哪怕一件事并不科学，也不一定是件坏事。比如说，
爱就是不科学的，而做一次注定会失败的尝试，是真
的毫无意义吗？

被无数读者津津乐道20年并畅销不衰，风靡全球41
国。打动了每一个在现代都市中感到年龄焦虑，情绪
枯竭，觉得人生没有意义的人。

BIG FISH

大鱼

[美] 丹尼尔·华莱士 著　宁蒙 译

出版 20 周年修订典藏版
豆瓣电影总榜 TOP100 口碑神作原著！
精彩程度不输电影！

不要相信所谓真的，相信你所爱的。

조남주

82 년생 김지영

82 年生的金智英（2021 读者互动版）

[韩] 赵南柱 著　尹嘉玄 译

豆瓣 2019 年年度受关注图书，《新京报》年度好书，《新
周刊》年度书单
孔刘、郑裕美主演同名电影，郑裕美凭此片荣获影后

愿世间每一个女儿，都可以怀抱更远大、更无限的梦想

**2021 新版，编辑部特制作独立附册"觉醒与回响"，
精选 15 封具有代表性、令人触动的信件，这些信件均**
获得了读者本人的授权。

한강

채식주의자

素食者

[韩] 韩江 著　胡椒筒 译

亚洲首位国际布克文学奖得主获奖作品
享誉全球的现象级杰作，锐利如刀锋，把整个人类社会
推上靶场。
为了逃避来自丈夫、家庭、社会和人群的暴力，她决定
变成一棵树！

MEET ME AT THE MUSEUM

相约博物馆

[英] 安妮·扬森 著 姚瑶 译

科斯塔图书最佳处女作奖决选作品

英国权威媒体盛赞："如果你今年只读一本书，请读它！"
《一个人的朝圣》作者蕾秋·乔伊斯、《穿条纹睡衣的男孩》
作者约翰·伯恩动心推荐

如果《查令十字街84号》《一个人的朝圣》《玛丽和马克思》
曾让你感动，那你一定不要错过这本书！

每一个看似习惯了孤独的人，心中都燃烧着被人理解的渴望。

UT OG STJAELE HESTER

外出偷马

[挪] 佩尔·帕特森 著 余国芳 译

国际 IMPAC 都柏林文学奖获奖作品

痛不痛的事，我们可以自己决定。

EVERY NOTE PLAYED

无声的音符

[美] 莉萨·吉诺瓦 著 姚瑶 译

人如何生活，取决于他认为自己还有多少时间。

第 87 届奥斯卡金像奖获奖影片《依然爱丽丝》原著小说
作者，哈佛大学神经学博士莉萨·吉诺瓦撼动人心之作！
入选 2017 年 Goodreads 年度最佳小说，美国亚马逊接
近满分好评。

**第一本以"渐冻人症"患者为主角的小说，这本书让你
重新认识生命。**

ÖR

寂静旅馆

[冰岛] 奥杜·阿娃·奥拉夫斯多蒂 著 黄可 马城 译

荣膺"诺贝尔风向标" 2018 年北欧理事会文学大奖

冰岛版《一个叫欧维的男人》

人人都有自己的仗要打，当我和你在一起的时候，我想
变成自己七岁时梦想成为的那种英雄

SJU DAGAR I AUGUST

八月七日

[挪威] 布莱特·比尔顿 著 姜佳颖 译

一对夫妇的盛夏七日。暴雨如注后，一定与过去和解。

当代挪威不容忽视的女作家

2018 年都柏林文学奖入围作品

即使在亲密的怀抱里，最终也只能独自前行。

为何家会伤人（百万畅销纪念版）

武志红 著

知名心理学家武志红
从业 25 年来公认口碑代表作！
1,000,000 册畅销纪念版，
中国家庭问题第一书！

家是港湾，爱是退路。

和另一个自己谈谈心

武志红 著

**百万级畅销书《为何家会伤人》作者、知名心理学家
武志红 2021 温柔新作
4 合 1 便携小开本，提炼从业 20 多年来思想精华，
随时随地反复阅读**

拆解为孤独、自恋、成长、梦想的四本分册，对应人
生四大课题。挖掘现象下的潜意识，展现思维盲区，
剖析行为背后深层的心理动机。对于刚刚接触心理学，
或有自我探索需求的读者很友好，适合作为入门书。

HALF THE SKY

天空的另一半

[美] 尼可拉斯·D.克里斯多夫 雪莉·邓恩 著
吴茵茵 译

每一个地球公民的必读书。——比尔·盖茨
普利策新闻奖得主讲述女性的绝望与希望。

A PATH APPEARS

走的人多了，就有了路

[美] 尼可拉斯·D.克里斯多夫 雪莉·邓恩 著
张孝铎 译

普利策新闻奖得主、美国畅销书《天空的另一半》作者
重磅新作。
讲述微小个人也能让世界变得更好。
帮助他人所带来的力量，最终也能帮助我们自己。

THE KON-TIKI

孤筏重洋

[挪威] 托尔·海尔达尔 著 吴丽玫 译

畅销 70 年，被译介为 156 个版本，全球
销量超过 3500 万册！入选联合国《世界记
忆名录》，改编电影提名奥斯卡最佳外语片。
木筏横渡太平洋！

JAYSON GREENE

ONCE MORE WE SAW STARS: A MEMOIR

再次仰望星空

[美] 杰森·格林 著 赵文伟 译

每当我想念你，你就无处不在。
在我心中，你是永恒的，就像太阳，或者星空。
一位父亲写给逝世的两岁女儿的回忆录，诗意语言
中爱之深，痛之切，堪称美国版的《妞妞》。
《时代周刊》《魅力 Glamour》《图书馆杂志》2019
年度好书，美国亚马逊 2019 上半年编辑选书。给每一
个曾失去至爱的人，将勇气、信念与力量传递给每一位
读者，陪伴他们一同走过生命的艰难时刻。

MELINDA GATES

THE MOMENT OF LIFT

女性的时刻

[美] 梅琳达·盖茨 著 齐彦婧 译

**比尔·盖茨夫人、《福布斯》权力榜女性领袖梅琳达·盖
茨首度出书**
**比尔·盖茨亲自晒书推荐，入选奥巴马年度书单，巴
菲特、奥普拉、马拉拉、艾玛·沃森、杨澜联合推荐！**
她和她讲述的女性故事，激励每个人摆脱无力感，认
识到自身无限潜能；分享全球女性的困境与抗争，分
享个人成长经历、微软职业经历、与比尔·盖茨的相
恋过程和婚姻生活。

CHERYL STRAYED

WILD

走出荒野

[美] 谢丽尔·斯特雷德 著
靳婷婷 张怀强 译

连续 126 周盘踞《纽约时报》畅销榜！
仅美国就卖出 300 万册！
罕见地横扫 17 项年度图书大奖！版权售出 40 国！
每个人的生命中，都有一片荒野，
需要你自己探出一条路来。

SMOKE GETS IN YOUR EYES

好好告别
关于死亡你不敢知道却应该知道的一切

[美] 凯特琳·道蒂 著 崔倩倩 译

媒体力赞："大开眼界""一本改变你死亡观的书""不被道蒂的讲述启发是不可能的""让你一路笑不停的奇书"！！

我们越了解死亡，就越了解自己。

北野武的深夜物语

[日] 北野武 著 李汉庭 译

李现、蔡康永倾心推荐，窦文涛在《圆桌派》与梁文道、许子东热情讨论的话题之书
日本殿堂级导演北野武诚意讨论梦想、艺术、文化、生命、专业精神、人生价值等话题
虽然很辛苦，我还是会选择那种滚烫的人生。

THIS BOY'S LIFE
《男孩的生活》

[美] 托拜厄斯·沃尔夫 著 方嘉慧 译

与卡佛齐名，回忆录写作的开山之作。
回忆录经典之作，中文版首次引进。

这是一部关于一个男孩，在暗淡的青春期如何自救，从而走向广阔天地的回忆录。每个人在那时所喷薄的勇气，都将馈赠其一生。
英国亚马逊心理学畅销排行榜 TOP 1

可是我偏偏不喜欢

吴晓乐 著

也许他们说的都是对的，也许符合标准的人生都是很好很好的——可是我偏偏不喜欢

《你的孩子不是你的孩子》作者吴晓乐非虚构力作，关于性别、成长、职业选择、梦想、与家人关系等主题的 21 篇犀利随笔。
献给和社会格格不入的你。

你的孩子不是你的孩子

吴晓乐 著

一位家庭教师长达八年的观察，九个震撼人心的真实家庭故事。
数月雄踞博客来总榜 No.1，同名网剧被称为"中国台湾版《黑镜》"。
这世间最可怕的伤害，打的旗号叫"为你好"

万叶集

钱稻孙 译　宋再新、宋方洁 整理

川端康成、夏目漱石、新海诚频频引用，日本版《诗经》
日本古典文学翻译家钱稻孙先生演绎华美译本
中国日本文学研究会理事宋再新教授汇编整理并作专文导读
全新选编，华美译本、雅致典藏
如果只读一本日本文学书，首推《万叶集》

くらしのきほん　100 の実践

生活的 100 个基本：
过好恒常如新的每一天

[日] 松浦弥太郎 著　冷婷 译

松浦弥太郎作品中王牌里的王牌。
100 个简单、亲和的基本生活实操箴言，
帮你找回人生秩序感，过好恒常如新的每一天。

90 년생이 온다

90 后来了：当 90 后成为社会中坚力量

[韩] 林洪泽 著 叶蕾蕾 译

权威和控制不再有效，因为这是全新的、不驯服的一代

韩国总统文在寅推荐青瓦台职员必读书

韩国书店联合会 2019 年年度图书

研究 90 后一代思维方式、价值观、消费习惯的现象级畅销书。

90 后一代中，很多人已步入 30 岁。他们逐渐成为中坚力量，以特有的简单、有趣和率真改变着周围的世界。本书以轻快的文字风格、丰富的个案调查、统计数据、文化理论、社会背景分析，深入研究韩国的 90 后一代。他们身上，体现的是东亚 90 后一代青年共通的特性。

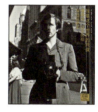

VIVIAN MAIER: STREET PHOTOGRAPHER

我是这个世界的间谍：
薇薇安·迈尔街拍精选摄影集

VIVIAN MAIER: SELF-PORTRAITS

我与这个世界的距离：
薇薇安·迈尔自拍精选摄影集

[美] 薇薇安·迈尔 摄 约翰·马卢夫 编

"她用孤独隐秘的一生，服事了影像的光辉与不朽。"

街头摄影界的凡·高 传奇保姆摄影师薇薇安·迈尔
隐没 60 年作品 精装、大开本首度原版呈现

"这些是她最棒的一些照片，也许也是她留下的作品中最有启发性的了。"——《洛杉矶时报》

大鱼读品

Big Fish

品

大鱼读品

出 品 人｜沈浩波　　　　　　　　　　　　　　　　　主　编｜冯倩
产品经理｜任菲　汪欣　陈雷　刘佳玥　史文轩　　　版权支持｜程欣
营销编辑｜叶梦瑶　徐幸
书目设计｜付诗意　沐希设计　拾拾

豆瓣账号｜大鱼读品　　　　　　　　联系邮箱｜bigfishbooks@xiron.net.cn
地　　址｜北京市西城区德外大街 83 号德胜国际中心 B 座 10 层

微信公众号
大鱼读品 BigFish

微博
大鱼读品 BigFish